L'héritier de l'hiver

SCARLET WILSON

L'héritier de l'hiver

Traduction française de
ERWAN LARHER

AZUR

HARLEQUIN

Collection : Azur

Titre original :
CINDERELLA'S NEW YORK CHRISTMAS

HARPERCOLLINS FRANCE
83-85, boulevard Vincent-Auriol, 75646 PARIS CEDEX 13
Service Lectrices — Tél. : 01 45 82 47 47

www.harlequin.fr

ISBN 978-2-2804-4533-7 — ISSN 0993-4448

Prologue

Très cher Léo,

Tu n'as pas idée de la joie que cela nous procure de t'écrire cette lettre. Nous avons espéré et prié pour ce moment depuis si longtemps ! Nous espérons que tu vas bien. Nous voulons que tu saches que chaque jour nous avons pensé à toi, et que nous avons passé les trente-cinq dernières années à te rechercher. Tu as toujours été dans nos cœurs, Léo, toujours. S'il te plaît, crois-le.

Il y a trente-huit ans, deux adolescents, Salvo et Nicole, sont tombés amoureux. Leurs parents désapprouvaient cette liaison, notre liaison. Quand Nicole est tombée enceinte de toi, nous avons été obligés de te donner à l'adoption.

Nous voulons que tu saches que cela n'a jamais été ce que nous souhaitions. Dès le premier instant où nous avons su que tu existais, nous avons voulu te garder. Mais les temps étaient différents à l'époque. Nos parents nous ont menacés, enfermés, fait du chantage, si bien que nous n'avons pas eu le choix.

Cela nous a brisé le cœur.

Nous parvenions à nous voir en cachette et chaque jour, nous parlions de toi, imaginions où tu étais, priions pour que tes parents adoptifs soient aimants et généreux.

Malgré l'avis de nos familles, nous sommes restés ensemble, et nous nous sommes finalement mariés.

Dès que nous avons eu un peu d'argent, nous

avons commencé à te chercher. Mais nous nous sommes heurtés à des gens qui gardaient des secrets et d'autres qui mentaient. Il nous a fallu des années pour apprendre que tu étais parti aux États-Unis, et puis la piste s'est arrêtée.

Cela nous a brisé le cœur une fois de plus.

Tu as un frère, Sebastian, et une sœur, Noémi. Nous avons été jusqu'à présent incapables de leur parler de ton adoption, mais maintenant que nous t'avons trouvé, nous aimerions que notre famille soit réunie.

Nous avons toujours rêvé qu'un jour nous pourrions avoir tous nos enfants assis autour de notre table pour le dîner de Noël, comme la vraie famille que nous avons toujours voulu être. Nous aimerions que cela advienne cette année et souhaitons que tu puisses nous rejoindre à Mont-Cœur, en Suisse, où nous avons toujours aimé passer Noël.

Tu nous as manqué tous les jours, Léo.

Savoir que tu es vivant et en bonne santé nous a apporté tant de joie ! Nous savons que tu considères sans doute tes parents adoptifs comme tes seuls vrais parents ; nous respecterons toujours tes décisions et tes souhaits, mais s'il te plaît prends en considération notre demande de nous rencontrer.

Nous aimerions tant enlacer notre fils aîné et lui dire combien nous l'aimons !

Avec tout notre cœur,

Mamma e Papà
Salvo et Nicole Cattaneod

1.

Léo se répéta qu'il n'aurait jamais dû ouvrir cette lettre.

Affreusement mal à l'aise, il monta les dernières marches vers la galerie qui ceinturait le luxueux chalet. En ce début du mois de novembre, il semblait que la station de ski de Mont-Cœur en Suisse était déjà passée en mode Noël. C'était peut-être le froid et la neige qui faisaient croire à toute la population qu'il était normal d'installer des sapins de Noël ou de décorer sa vitrine un mois et demi à l'avance. Partout où il regardait, il y avait des guirlandes et des lumières scintillantes.

N'importe quel autre jour, il aurait pensé que l'endroit était féerique, un décor de carte de Noël. Mais aujourd'hui n'était pas un jour comme les autres.

Le chalet de ses parents biologiques n'était pas en reste question décorations de fête. À travers la porte d'entrée vitrée, il pouvait voir l'arbre de Noël décoré de rouge et d'or ; des branches de houx avaient été fixées autour des rampes et sur la cheminée, dans laquelle flambait un feu. Sans parler des guirlandes accrochées tout autour du chalet.

Cela aurait dû être différent…

Il aurait dû se trouver ici, en Suisse, pour rencontrer les parents qui l'avaient fait adopter trente-huit ans auparavant, en savoir plus sur ces gens qui lui avaient écrit avoir pensé à lui tous les jours depuis. Au lieu de cela, il était venu sur l'insistance d'un avocat et d'une sœur, Noémi, qu'il n'avait jamais rencontrée.

Pour la lecture du testament de leurs parents.

Même vues de l'extérieur, la chaleur et l'atmosphère familiale du chalet lui semblaient totalement étrangères. Il n'avait jamais connu ce style de vie. Il n'avait jamais connu la vraie joie d'un Noël familial et heureux. Et il ne pouvait pas s'empêcher de se sentir coupable : si ses parents ne l'avaient pas retrouvé, s'il n'avait pas répondu à leur lettre, ils ne seraient jamais morts dans un accident d'hélicoptère en venant le rencontrer.

Son estomac se contracta lorsqu'il appuya sur la sonnette. Peut-être n'y avait-il personne à la maison ? Peut-être que son frère et sa sœur avaient changé d'avis ? Il serait tellement plus facile de tourner les talons, de retourner dans le chalet que son assistante lui avait réservé.

La porte s'ouvrit soudain sur une femme grande et mince, avec une coupe au carré. Derrière elle se trouvait un homme grand et musclé.

— Léo ? demanda la femme, ses yeux bruns remplis d'espoir.

— Oui, répondit-il d'une voix enrouée.

Elle poussa un cri et se jeta à son cou.

— Oh ! Léo ! Je suis si heureuse de te rencontrer enfin !

Il resta immobile, ne sachant pas s'il devait étreindre cette femme en retour. Après un long moment, elle s'écarta de lui, la larme à l'œil.

— Je m'appelle Noémi. Tu le sais, n'est-ce pas ? Et voici Sebastian, ton frère, ajouta-t-elle en désignant l'homme qui se tenait derrière elle.

Ce devait être la rencontre la plus embarrassante de l'histoire. L'animosité de Sebastian l'agressait presque physiquement. Il ne fit même pas un pas en avant, juste un petit signe de tête.

Léo prit une seconde pour rassembler ses esprits. Il était face à son frère et à sa sœur. Il avait toujours rêvé de faire partie d'une grande famille, mais ses parents adoptifs avaient décidé qu'un enfant, c'était déjà trop. Il n'avait jamais compris pourquoi ils l'avaient adopté : ils s'étaient si peu intéressés à lui.

Tout ce qu'il voulait faire maintenant, c'était se retourner et passer la porte. Il se sentait pathétique. Il était un homme d'affaires qui passait sa vie à surmonter des difficultés. Cette « réunion de famille » ne devrait pas être un problème pour lui. Pourtant, en lui se mêlaient des émotions qu'il n'avait jamais ressenties.

Il était évident que tout le monde à Mont-Cœur était riche, y compris son frère et sa sœur. Peut-être s'inquiétaient-ils de savoir s'il était là pour l'argent ? De l'argent dont il n'avait pas besoin et qu'il ne voulait pas.

Noémi lui prit la main.

— Entre, Léo. Je veux tout savoir sur toi. Je veux savoir comment tu vas.

Elle se mordit la lèvre inférieure et laissa échapper d'autres larmes. Sa sœur avait-elle toujours été aussi hypersensible ? Lui-même n'était pas très émotif, et cette atmosphère lui pesait déjà. Pourtant, il se laissa tirer à l'intérieur de la maison.

— Donne-moi ton manteau ! proposa-t-elle, enthousiaste.

Sebastian avait à peine bougé, tendu. Léo se demanda ce que cachait son attitude presque hostile.

Noémi s'assit et l'invita à la rejoindre sur le canapé. Léo obtempéra.

— Giovanni va bientôt arriver, mais je veux d'abord discuter avec toi.

Giovanni, l'avocat de la famille qui l'avait persuadé d'assister à la lecture du testament. Giovanni, à qui il aurait voulu à présent envoyer un mail pour lui dire qu'il avait changé d'avis.

Léo repéra des photos de famille sur le mur, prises au fil des années. La série débutait avec un jeune couple souriant qui portait un bébé et un bambin ; elle se terminait par quatre adultes tous debout qui se tenaient par les épaules. L'amour suintait de chaque photo. La famille qu'il aurait dû avoir, songea-t-il, le cœur serré. La famille dont il aurait dû faire partie.

Il aurait voulu des centaines de photos, les étudier, y

lire l'histoire de ces trente-huit dernières années, y voir comment ses parents avaient grandi, comment ils avaient vieilli. Toutes les choses qu'on lui avait volées.

Il se leva du canapé.

— C'était une erreur…

— Quoi ? Non ! protesta Noémi, l'air affolé.

Quelque chose se tordit dans sa poitrine. Il ne pouvait vraiment pas supporter ça. Il n'était pas équipé pour y faire face. Il avait vécu une vie sans amour. Les relations amoureuses n'étaient pas son fort. La dernière femme avec laquelle il était sorti l'avait traité d'homme froid et dur ; comment lui donner tort ?

Recevoir la première lettre de ses parents l'avait pris au dépourvu. Il lui avait fallu quelques semaines pour répondre. De ce jour, sa mère lui avait envoyé des messages quotidiens et ils avaient organisé leur rencontre à New York. Et puis Noémi l'avait appelé pour lui dire que leurs parents avaient été tués dans un accident d'hélicoptère, alors qu'ils allaient enfin faire connaissance. Cela l'avait terrassé.

Il n'était pas prêt du tout à affronter les émotions liées au fait d'avoir une famille : la culpabilité, les attentes, les jugements. La curiosité l'avait fait venir jusqu'en Suisse pour rencontrer son frère et sa sœur, leur parler face à face. Il l'avait fait. Il devait partir d'ici. Il fallait qu'il prenne l'air.

Une main se posa fermement sur son bras.

— Ne pars pas.

Sebastian. Son frère. Qui semblait aussi peu à l'aise que lui et évitait son regard.

— Pas encore. Tu viens d'arriver. Prends un peu de temps.

Léo regarda à sa gauche. Noémi était au bord des larmes. Sebastian le retenait-il pour sa sœur – *leur* sœur ? Défendait-il son intérêt personnel ? Il soupira. Toute sa vie, il avait été calme, tranquille et posé. Là, il commençait à perdre le contrôle des événements.

— Je sais qu'on m'a demandé d'assister à la lecture du testament, dit-il à Sebastian en retirant son bras. Mais maintenant que je suis là, je vois que ce n'est pas une bonne idée. Je ne veux rien de vous deux. Je n'ai pas besoin de quoi que ce soit. Je ne suis pas ici pour prendre ce que vous pensez être à vous.

Une lueur de colère traversa les yeux de Sebastian. Mais avant qu'il ait le temps de répondre, une autre voix s'éleva :

— Ah, Léo, vous êtes arrivé !

Léo se leva. Le nouvel arrivant, un homme aux cheveux gris en costume élégant, ferma la porte d'entrée derrière lui et s'avança, la main tendue. Léo la serra.

— Giovanni Paliotta. C'est un plaisir de vous rencontrer. Vous ressemblez vraiment à votre père.

Ce fut comme un coup de poing dans le ventre. Giovanni ne sembla pas le remarquer. Il désigna de la main la grande table située dans le coin salle à manger.

— On s'assied ?

Jamais de sa vie Léo n'avait autant voulu partir d'un endroit. Il se força à respirer avec calme. Giovanni s'installa sur une des chaises et sortit de son attaché-case des papiers qu'il étala devant lui. Sebastian et Noémi s'assirent en échangeant un coup d'œil. Léo finit par les imiter.

— Nous savons tous pourquoi nous sommes ici, commença Giovanni, avant de fixer Léo. J'ai été l'avocat de tes parents pendant les trente dernières années. Je les aimais. Ils me manquent. Tout ce que je fais aujourd'hui est conforme à leurs souhaits.

Léo capta une pointe d'anxiété dans la voix de Giovanni. Ce dernier commença la lecture du testament. Lorsqu'il annonça la valeur de Cattaneod Jewels, la célèbre entreprise mondiale de joaillerie que ses parents biologiques avaient créée en partant de leur petite boutique italienne, il tiqua : il n'avait pas réalisé que la fortune de ses parents rivalisait avec la sienne.

— Salvo et Nicole souhaitaient qu'en cas de décès l'entreprise reste dans la famille.

Giovanni pinça les lèvres pendant une seconde, l'air décidément nerveux.

— Ainsi, la participation majoritaire dans Cattaneod Jewels passera à Léo Baxter, leur aîné biologique, qui gérera l'entreprise.

— Quoi ? ! s'écria Sebastian en se levant, si violemment que sa chaise se renversa au sol.

La bouche de Noémi s'ouvrit puis se referma sous l'effet de la stupéfaction.

— Non, dit Léo en secouant la tête. C'est hors de question. Je ne connais rien à la joaillerie.

Il se leva, bien décidé à partir.

— Et moi, je me suis préparé à ça toute ma vie ! s'exclama Sebastian. Qui est-il pour hériter de l'entreprise ?

— Ton frère, déclara Giovanni.

À cet instant, Léo comprit pourquoi Salvo et Nicole avaient travaillé avec cet avocat pendant trente ans.

— Asseyez-vous, tous les deux, reprit l'homme de loi.

Léo croisa le regard furieux de son frère. La réaction de celui-ci le contrariait, même s'il la comprenait. Sebastian avait passé sa vie auprès de leurs parents tandis que lui ne les avait jamais rencontrés. Il se rassit, fixant Sebastian du regard jusqu'à ce qu'il en fasse autant.

— Il y a des conditions, reprit Giovanni. Léo doit gérer l'entreprise pendant au moins six mois. Les actions ne peuvent pas être vendues ou transférées à une autre société ni à un membre de la famille durant cette période.

— Que se passera-t-il sinon ? demanda la voix tremblante de Noémi.

— Contourner les termes du testament entraînera la liquidation de l'entreprise. Ses actifs seront alors répartis entre ses quatre cents actionnaires.

— Quoi ? s'exclama Sebastian.

— C'est du chantage, dit froidement Léo. Au mieux de la manipulation. Pourquoi mes…

Il s'interrompit, incapable de dire « mes parents ».

— Pourquoi Salvo et Nicole ont-ils fait ça ?

— Est-ce que c'est une disposition récente ? intervint Sebastian. Parce qu'ils ont retrouvé Léo ?

Giovanni se pencha en arrière sur sa chaise et s'éclaircit la gorge.

— Leur testament a toujours été le même.

— Quoi ? s'écrièrent les trois voix à l'unisson.

— Ils ont toujours su qu'ils trouveraient Léo. Au début, le testament le désignait comme « l'enfant biologique le plus âgé ». Ils n'ont jamais cessé de le chercher. Même s'ils sont morts avant de le revoir, ils voulaient qu'il sache qu'il a toujours fait partie de la famille, et lui donner la possibilité de connaître l'entreprise familiale. Ils croyaient en la famille. Vous le savez. Ils ont changé le testament pour y inclure son nom dès qu'ils l'ont connu. Mais la vérité est qu'il y a toujours été inclus. À leurs yeux, il a toujours été un membre de la famille.

Léo prit une grande inspiration, ému. Noémi cligna des yeux et regarda pile entre Sebastian et lui.

— Cela va au-delà de l'héritage, dit-elle doucement.

Sebastian était toujours en colère, Léo le voyait au tic nerveux de sa mâchoire. Il croisa le regard de sa sœur et lui fit un léger signe de tête.

— Je sais, lâcha enfin Sebastian.

C'était la chose la plus conciliante qu'il avait dite depuis l'arrivée de Léo. Celui-ci se sentait pris au dépourvu et il détestait cela. Il se préparait avant chaque réunion d'affaires, chaque négociation de contrat. Il connaissait le contexte, les finances, l'environnement humain, les personnalités des dirigeants avant même de mettre les pieds dans la pièce. Là, non. Pour la première fois depuis bien longtemps, il était totalement dépassé.

Il avait l'impression que la pièce se refermait sur lui, l'étouffait avec la chaleur du feu, l'amour visible sur les photos accrochées aux murs.

— *Mamma* et *papà* ont passé leur vie à développer cette entreprise familiale, dit Sebastian d'une voix tendue. À partir de quelques boutiques en Italie, ils en ont fait une entreprise connue dans le monde entier. Tu t'y connais peut-être en affaires, Léo, mais tu ne connais pas ce métier. Et je ne laisserai pas ruiner ce qui faisait leur fierté et leur joie parce que tu ne sais pas ce que tu fais.

Léo atteignit son point de rupture. Il balaya toutes les émotions qu'il peinait à garder sous contrôle. Sebastian lui parlait affaires, et peu de gens étaient meilleurs en affaires que lui.

— Je ne connais peut-être rien au monde de la joaillerie, Sebastian, mais une entreprise reste une entreprise. Ne te méprends pas : je n'ai aucune envie de m'y mettre. En plus, je n'en ai pas besoin, pas plus que de l'argent de ta *mamma* et de ton *papà*. Je pourrais m'en aller tout de suite, et avec joie, mais où est-ce que ça te mènerait ?

Le visage de Noémi était pâle lorsqu'elle se leva, chancelante, et lui prit la main. Léo lui attrapa le coude, mais Sebastian, rapide comme l'éclair, était déjà à ses côtés.

— Est-ce que ça va ?

Sebastian glissa le bras autour de la taille de Noémi afin de l'aider à tenir debout. C'était comme si elle était prise entre ses deux frères.

— Ce n'est rien. Juste un petit étourdissement.

Elle prit quelques respirations lentes et la couleur lui revint aux joues. Lorsqu'elle leva la tête, ses yeux étaient remplis de larmes. Son regard passa de Sebastian à lui.

— Ne faites pas ça. Je déteste cette situation, moi aussi. Mais maman et papa voulaient que nous travaillions ensemble. Que nous soyons une famille.

Elle se tourna vers Giovanni.

— Vous avez lu le testament, et je pense que nous devrions prendre un peu de temps pour réfléchir à ce que tout cela signifie.

Elle lâcha la main de Léo et le prit par les épaules, le faisant pivoter pour lui faire face.

— Léo, je veux te connaître. Je veux connaître mon frère. J'ai déjà manqué tellement de choses de ta vie, je ne veux pas en manquer davantage. Je ne te demande pas d'être mon meilleur ami, mais la famille est importante pour moi ; maintenant, plus que jamais. Nous avons tous besoin de réfléchir à la suite et… de nous calmer, ajouta-t-elle avec un regard en direction de Sebastian. Et si nous nous mettions d'accord pour nous revoir plus tard ?

Giovanni hocha la tête.

— Cela semble raisonnable. Il faudra six à huit semaines pour que les clauses du testament soient juridiquement mises en œuvre, et je peux faire traîner un peu…

— Bien, grommela Sebastian du bout des lèvres.

— Nous pouvons nous revoir vers Noël ? demanda Noémi d'une voix tremblante. Ici ? C'est ce que maman et papa ont toujours voulu.

Léo s'éloigna pour récupérer son manteau. Les émotions qui vibraient dans le chalet étaient plus qu'il ne pouvait supporter. Il se dirigea rapidement vers la porte d'entrée.

— Je reviendrai vers vous, dit-il. Au revoir.

Il sortit dans la nuit.

Léo n'avait pas pris la peine de refermer son manteau et l'air froid des Alpes suisses le fouetta aussitôt. Il aurait voulu être à New York, où il se sentait chez lui – il avait quitté l'Indiana et ses parents adoptifs depuis si longtemps…

Alors qu'il marchait sur le chemin enneigé, il se rendit compte qu'il n'avait aucune idée de l'endroit où il allait. Le taxi de l'aéroport avait laissé ses bagages au chalet réservé par son assistante *après* l'avoir déposé devant celui de ses parents, donc il ne savait pas où il était.

Il sortit son téléphone pour chercher sur une carte. Autour de lui, il voyait des gens attablés dans les bars et les restaurants. Une clientèle riche. Très riche. Extrêmement fortunée, même. Il savait combien cette pensée était ironique : il appartenait à cette dernière catégorie, tout comme sa nouvelle famille. Mais il n'avait pas l'habitude de se mêler à ces cercles. Il avait toujours été très sélectif quand il s'agissait de son entourage, préférant les gens qui avaient les pieds sur terre à ceux qui ne se souciaient que de leur ascension sociale.

Il aurait pu entrer dans un bar et prendre un verre, mais il n'était pas vraiment d'humeur. Il consulta le GPS de son téléphone et emprunta une autre rue, un peu plus calme, qui l'éloigna de l'artère principale.

Il se dit qu'il aurait dû essayer de trouver un taxi, car la route vers son chalet était en montée. Mais cela ne le dérangeait pas vraiment : cela lui donnerait un peu de temps pour réfléchir à ce qui venait de se passer.

Plusieurs choses accaparaient son esprit. Giovanni avait dit que le testament l'avait toujours inclus, ce qui provoquait en lui un sentiment… étrange. Ses parents adoptifs avaient toujours soutenu que ses vrais parents avaient eu hâte de se débarrasser de lui. Ces mots durs s'étaient gravés dans son âme, le blessant d'une manière dont il n'avait jamais parlé à quiconque. Pendant des années, il en avait voulu à la fois à ses parents biologiques et aux adoptifs. Il ne s'était vraiment senti désiré nulle part. Découvrir maintenant que tout cela était faux était plus troublant qu'il n'aurait pu l'imaginer.

Il laissa échapper un long soupir, qui créa un nuage dans l'air glacé autour de lui. Au bout de la rue, il leva les yeux : son chalet devrait se trouver sur la droite. À sa gauche, sur les pistes, quelques personnes skiaient encore, éclairées par des projecteurs. Après tout, il n'était que 9 heures du soir, et Mont-Cœur était un village construit à mi-hauteur de la montagne, au bord des pistes.

Il s'arrêta. Appuyé sur la rambarde qui séparait la rue du domaine skiable, il observa une silhouette vêtue de noir descendre vers lui. Elle allait vite – trop ? – mais maîtrisait sa trajectoire. Un skieur confirmé, comme lui l'était.

Soudain, une forte détonation sur sa droite le fit sursauter. Lorsqu'il tourna la tête, il vit une voiture dont le capot laissait échapper un panache de fumée blanche. Reportant son attention sur le skieur, il ouvrit de grands yeux effarés :

distrait lui aussi par le bruit, il avait perdu l'équilibre et termina sa course sur le dos, dans les filets de protection.

Sans réfléchir, Léo bondit par-dessus la rambarde et se précipita. Le skieur gisait empêtré dans ses skis et ses bâtons.

— Est-ce que ça va ?

Il s'agenouilla à côté de la silhouette en noir et constata que le skieur était une skieuse. Elle ne réagissait pas. Il lui toucha le bras.

— Je m'appelle Léo. Je peux vous aider ?

Elle gémit. Elle bougea la jambe droite et poussa un cri.

— *Foitrottl !*

Il sourit. Il n'avait pas compris la langue – du suisse allemand ? – mais il comprenait le sentiment exprimé par ce juron.

— Eh bien, au moins je sais que vous êtes consciente !

Elle repoussa ses lunettes et détacha son casque, libérant une masse de cheveux blonds.

— Qu'est-ce que c'était que ce bruit ? demanda-t-elle en anglais.

Léo ne put s'empêcher de sourire à nouveau. En plus de l'avalanche de cheveux blonds, cette femme avait les yeux bleus les plus clairs qu'il ait jamais vus. Elle ressemblait à une sorte de princesse des glaces, mais il pouvait déjà deviner comment elle prendrait ce genre de comparaison…

— Un moteur de voiture qui a eu un gros raté.

La jeune femme se redressa.

— Je peux vous donner un coup de main ?

Il se releva et lui tendit la main. Pendant une seconde, Léo songea qu'elle allait refuser, mais après une brève hésitation, elle retira un gant et serra ses doigts. Il la tira vers lui. Son autre bras s'accrocha autour de sa taille. Au moment où elle se remettait debout, elle poussa un cri. Léo resserra sa prise et cala la jeune femme contre sa hanche.

— Vous pensez avoir quelque chose de cassé ? Vous voulez que j'appelle des secours ?

Elle respirait fort et rapidement, la peau pâle.

— Donnez-moi une seconde, dit-elle d'une voix hachée.

Léo fut frappé par la chaleur qui émanait de sa frêle silhouette. Elle était plus grande que la plupart des femmes qu'il rencontrait, mais un peu plus petite que lui. Un peu de couleur apparut sur ses joues et sa respiration commença à ralentir. Elle tenait son pied droit décollé du sol et le reposait timidement, en faisant des grimaces presque immédiatement, avant de le relever.

— Voulez-vous que je vous porte ?

Elle fronça les sourcils, mais elle ne lui arracha pas la tête.

— Non, certainement pas ! En revanche, pourriez-vous m'aider à retourner au pied du télésiège ? Il y a là-bas un 4x4 que je peux utiliser pour retourner à mon chalet.

— Pouvez-vous tenir debout sans moi une seconde ?

Elle acquiesça d'un signe de tête. Léo se pencha pour récupérer ses skis et ses bâtons avant de lui glisser le bras autour de la taille. Elle s'agrippa à lui et commença à avancer en boitant à son côté.

— Aïe ! s'écria-t-elle tout à coup.

Instinctivement, Léo lâcha skis et bâtons puis la prit dans ses bras et la souleva. Elle écarquilla les yeux, mais ne protesta pas. Il se dirigea vers la grande cabane située au départ du télésiège.

— Vous skiez bien, vous êtes presque la dernière sur les pistes : vous êtes monitrice de ski ?

Une drôle d'expression passa sur son ravissant visage.

— Oui, je suppose…

Sur le côté du bâtiment était garé un 4x4 avec des pneus neige.

— Vous voulez que je conduise ? demanda-t-il en la reposant doucement à côté de la portière passager.

— Vous me porterez de l'autre côté si je dis non ? demanda-t-elle en riant.

Léo sourit. Quoi qu'il se soit passé d'autre aujourd'hui, la situation prenait une tournure amusante, à présent.

— Vos désirs sont des ordres, Princesse des glaces.

Princesse des glaces ? L'avait-il vraiment appelée « Princesse des glaces » ?

Si Anissa s'était sentie bien, elle l'aurait planté là. Or elle n'était pas dans son assiette, comme si toutes les parties de son corps au-dessus de ses chaussures de ski étaient mal en point.

Alors que son sauveteur était reparti récupérer ses skis, elle se demanda si c'était le bruit de la voiture qui l'avait distraite ou la foule de souvenirs qui lui revenaient en mémoire tandis qu'elle dévalait la pente.

Quand Léo fut de retour, elle lui tendit la clé.

— Je veux bien que vous me rameniez, dit-elle avec gratitude. Je vous promets que je n'habite qu'à cinq minutes en voiture d'ici.

Il lui fit un signe de tête rapide en appuyant sur le bouton pour déverrouiller les portières.

— Avec plaisir, dit-il aimablement.

Ce Léo était un gentleman. Et elle se rendait compte soudain, en se glissant sur son siège, qu'elle avait sans doute été un peu grossière.

— Et je m'appelle Anissa, pas Princesse des glaces.

Il sourit en démarrant le moteur.

— Anissa. Ça ressemble à un prénom de princesse des glaces, pour moi.

— Connaissez-vous beaucoup de princesses des glaces ?

Il rit et lui tendit la main.

— Léo Baxter. De New York. Juste ici pour quelques jours. Une… affaire de famille, ajouta-t-il avec une petite grimace.

Elle lui serra la main.

— Anissa Lang. Monitrice de ski et femme de ménage à temps partiel.

Il avait un beau sourire, des cheveux foncés et bouclés et des yeux bleus qui pouvaient ensorceler n'importe quelle femme. Elle soutint son regard quelques secondes de plus qu'elle ne l'aurait voulu. Il ne détourna pas le sien. Son sourire s'élargit et Anissa rougit. Elle prit une profonde inspiration et regarda à travers le pare-brise – c'était plus sûr.

Il s'arrêta à une intersection.

— À droite, dit-elle en pointant le doigt dans la bonne direction.

Elle fut soudain saisie d'une sorte de nausée et mit la main devant sa bouche.

— Vous allez bien ? demanda-t-il d'un ton inquiet.

Elle hocha la tête.

— Prenez la prochaine à gauche. J'habite au bout de cette route.

Elle s'appuya contre le dossier du siège et poussa un soupir.

— Peut-être que je me suis cogné la tête. Je me sens un peu patraque.

Les yeux de son chauffeur étaient pleins d'inquiétude, mais il resta silencieux. Une fois garé devant chez elle, il sortit de la voiture, en fit le tour et lui ouvrit la portière.

— Je vais vous aider à entrer. Peut-être que si vous vous asseyez quelques minutes et que vous prenez un peu d'eau vous vous sentirez mieux. Sinon, je suis sûr que je peux trouver un médecin dans la station pour vous examiner.

Anissa s'affaissa sur son canapé, soulagée, puis ouvrit son blouson de ski et prit plusieurs grandes inspirations, les yeux fermés. Lorsqu'elle les rouvrit, Léo avait déjà allumé le feu.

— Si je suis une princesse des glaces, vous devez être un prince charmant, dit-elle en souriant.

C'était étrange. Elle ne se sentait pas menacée par le parfait étranger qui se trouvait actuellement sous son toit. Au contraire, c'était du soulagement qu'elle ressentait, celui d'avoir quelqu'un avec elle en ce moment.

Il s'assit sur la table basse en face d'elle et souleva sa chaussure de ski.

— Un prince charmant ? N'est-ce pas le genre de type

obsédé par les chaussures ? dit-il avec humour. Enlevons les vôtres, pour voir s'il y a des dégâts.

Il était vraiment beau, songea Anissa. *Dangereusement* beau…

Il défit les clips de sa chaussure, desserra la botte, puis la tira doucement. Elle serra les dents de crainte de souffrir, mais aucune douleur ne se manifesta. Il retira l'autre chaussure, en tenant son pied un peu plus longtemps que nécessaire, nota-t-elle.

— Ça va ?

Sa question semblait sincère, alors elle hocha la tête.

— Vous êtes encore très pâle. Je pense que vous êtes un peu sous le choc. Je vous propose un traitement radical : vous avez du cognac ?

Elle fit un signe de la main.

— Dans le buffet derrière vous.

Il se leva. Anissa se pencha en avant et retira ses chaussettes. Dieu merci, ni sa jambe ni sa cheville n'étaient gonflées. Elle bougea doucement ses deux pieds. L'un d'eux était douloureux, mais ce n'était pas aussi grave qu'elle l'avait craint au départ.

Léo lui mit un verre dans la main et s'assit dans le fauteuil à côté d'elle. Elle but une gorgée de cognac et grimaça.

— Je ne suis pas sûre que donner de l'alcool à quelqu'un en état de choc soit vraiment un traitement très orthodoxe. Vous savez, les saint-bernard n'ont pas vraiment un tonnelet de cognac autour du cou !

Il éclata de rire et leva son verre.

— Que voulez-vous, j'ai toujours été un adepte des contes pour enfants.

Elle le regarda avec curiosité. C'était l'un des plus beaux spécimens masculins qu'elle ait vus depuis longtemps. Mont-Cœur recevait chaque hiver de nombreux millionnaires play-boys de la jet set, mais il ne semblait pas tout à fait entrer dans cette catégorie. Elle prit une autre gorgée de son cognac, qui la réchauffa en descendant.

— Je ne suis pas sûre de vous croire, vous n'avez pas

l'air d'un homme qui aime les contes de fées. Mais comme je ne suis pas le genre de fille à laisser un étranger conduire sa voiture ou entrer dans son chalet, je suppose que c'est une soirée de premières.

Son regard pétillait. Avec n'importe qui d'autre, elle aurait été méfiante, mais cet homme inspirait plutôt un sentiment de sécurité.

— Et si vous enleviez ce manteau de laine avant de mourir de chaud ? Je m'en voudrais, alors que vous venez de me secourir !

Son cœur sauta un battement. Avait-elle *vraiment* dit cela ? L'avait-elle *vraiment* invité à rester un peu plus longtemps ? Cela ne lui ressemblait pourtant pas ! En temps normal, elle aurait poliment congédié son sauveur. Mais Léo semblait… différent. Une aura de mystère très attirante planait autour de lui. Ajoutée à son sex-appeal, cela formait un mélange détonant.

Il ôta son manteau, les prunelles insondables.

— Un soir de premières, répéta-t-il. Oui, je suppose que oui…

— Que voulez-vous dire ?

Il secoua la tête.

— Disons que je trouve cette… *distraction* bienvenue.

— D'après mon expérience, les gens viennent à Mont-Cœur pour skier ou pour montrer à quel point ils sont riches. Dans quelle catégorie êtes-vous ?

Pendant une seconde, il resta silencieux. Puis il prit une longue et lente gorgée de cognac.

— Je me débrouille à peu près sur des skis. Mais je n'ai jamais skié ici. Je suis venu un peu en catastrophe. Je n'ai pas apporté d'équipement.

Il ne se livrait pas beaucoup. Pourtant, il la fixait avec une intensité qui la troublait au plus haut point.

— Donc vous n'êtes pas venu pour le ski…

— Je ne suis ici que depuis quelques heures. Je n'ai même pas encore mis les pieds dans mon chalet !

L'estomac d'Anissa se tordit. *Mon Dieu, pourvu qu'il ne réside pas dans un des chalets où je fais le ménage !*

— Alors, c'est pour le travail ou pour le plaisir ?

Elle se passa la langue sur les lèvres, étrangement nerveuse dans l'attente de sa réponse. Il pouvait être ici avec une femme ou une fiancée…

— Ni l'un ni l'autre. Je préférerais n'être jamais venu. J'aimerais pouvoir sauter dans le premier vol pour New York.

Le premier homme intéressant qu'elle rencontrait depuis longtemps n'avait qu'une hâte : mettre les voiles. Typique. Mais c'était la façon dont il avait prononcé ces mots qui la titillait. Comme s'ils le rendaient triste.

— Alors, pourquoi ne pas le faire ? demanda-t-elle doucement.

Ses yeux bleus se rivèrent aux siens.

— Parce que je suis un peu perdu. Les décisions que je vais prendre pourraient affecter d'autres personnes que moi, que cela me plaise ou non.

L'empathie la gagna. Une connexion avec lui. Parce que ces mots lui étaient familiers. Ce qu'elle faisait n'affectait personne d'autre qu'elle-même, mais se sentir perdue, en revanche, elle connaissait.

Anissa leva son verre.

— Je trinque aux gens un peu perdus !

Il leva également son verre. Ce simple mouvement emplit ses narines de l'odeur épicée et boisée de son eau de toilette. Ses sens s'éveillèrent.

Légèrement penché en avant, il lui décocha un sourire sexy.

— Comment une femme superbe comme vous s'est-elle « un peu perdue » à Mont-Cœur ? Avez-vous toujours vécu ici ?

Superbe ? Il venait de la qualifier de *superbe* ? Son pouls s'emballa. Depuis des mois, ses collègues femmes de ménage lui avaient dit de prêter plus attention aux hommes qu'elle croisait dans la station. Elle leur répondait invariablement qu'elle avait d'autres priorités. Et puis aucun homme ne l'avait attirée.

Jusqu'à ce soir…

Elle fit de son mieux pour paraître décontractée.

— Je suis autrichienne. J'ai passé la plus grande partie de ma vie sur des skis, où que j'aie vécu. L'année n'a pas été la meilleure de ma vie. Alors « un peu perdue », je sais ce que cela signifie…

Chaque souvenir de ces douze derniers mois faisait mal. Douleur physique d'une chute à flanc de montagne ; douleur psychologique de savoir que ses espoirs de médaille olympique et de titre mondial s'étaient envolés. Sans compter le traumatisme émotionnel de se faire larguer par Alain, son fiancé et entraîneur.

Léo tendit la main et prit la sienne. Le contact de sa peau chaude la fit instantanément frissonner. Son autre main lui coinça une mèche de cheveux derrière l'oreille en un geste doux, intime.

— Et si, l'espace d'une nuit, nous essayions d'oublier ce qui nous entraîne vers le bas ? proposa Léo d'une voix grave et sensuelle.

Anissa cilla. Lui avait-il vraiment proposé de passer la nuit avec elle ? Seigneur…

Le feu dansait derrière lui, diffusant une lueur chaude dans la pièce. Son cœur battait la chamade.

Impossible ! Elle ne pouvait pas. Jamais. Elle n'était pas ce genre de femme.

Et pourtant, ce soir, elle voulait être ce genre de femme. Elle le voulait *vraiment*.

Elle pria pour que sa voix ne tremble pas.

— Je pourrais vivre en oubliant tout ce qui m'entraîne vers le bas.

Il se rapprocha d'elle. Sa bouche n'était plus qu'à quelques centimètres de la sienne. Nerveuse soudain, elle se passa la langue sur les lèvres.

— Promets-moi que tu n'as ni femme, ni fiancée, ni petite amie.

— Promis ! dit-il avec un sourire éclatant. Et toi ?

— Je te jure que je n'ai ni femme, ni fiancée, ni petite amie.

Il rit. Elle avait besoin qu'un homme ait de l'humour, et Léo n'en manquait visiblement pas. Il se leva et s'assit près d'elle sur le canapé, puis il glissa les doigts dans ses cheveux. Il se pencha, les lèvres tout contre son oreille, et murmura d'une voix rauque :

— Et si on se changeait un peu les idées ?

Elle devait être folle. Avoir perdu la tête. Mais tout ce à quoi elle pouvait penser, c'était à quel point elle se sentait bien contre cet homme qu'elle trouvait sauvagement attirant. Et qui lui laissait le choix. Ce serait *sa* décision.

Dieu, comme Léo Baxter était sexy ! Et il était tout à elle. Pour une nuit. Demain serait un autre jour, non ?

Elle effleura ses lèvres des siennes.

— Oui, change-moi les idées…

2.

Léo cligna des yeux. Il entendit le bruit léger de quelqu'un qui se déplaçait. Cela lui prit quelques secondes pour se souvenir de l'endroit où il se trouvait.

Mont-Cœur. Le testament. Sebastian. Noémi.

Et Anissa…

Il se retourna et s'appuya sur un bras. Anissa était dans la pièce, enfilant une sorte d'uniforme dans la pénombre.

— Désolée, je ne voulais pas te réveiller. Je suis de l'équipe du matin aujourd'hui.

Il n'était pas du genre à passer la nuit avec ses maîtresses, préférant éviter les lendemains matins embarrassés. C'était vraiment une nuit de grandes premières, semblait-il… Le décalage horaire et le choc émotionnel de la rencontre avec son frère et sa sœur l'avaient visiblement épuisé.

Elle tira ses cheveux en queue-de-cheval. Elle était au moins aussi belle que la veille. Ce constat toucha une corde sensible en lui. Leurs regards se connectèrent. Léo était mal à l'aise soudain. Il aurait dû sortir en vitesse et essayer de trouver le chalet où il n'était jamais arrivé la veille.

Il essaya de repérer ses vêtements, disséminés dans la chambre – le début de leurs ébats avait été quelque peu passionné… Anissa enfila sa veste. Léo sortit du lit : elle devait partir, il ne pouvait pas rester.

— Donne-moi une seconde pour rassembler mes affaires et je te laisse tranquille.

Les images de la nuit dernière lui traversèrent l'esprit lorsqu'il enfila sa chemise et son pantalon. De belles images. De *superbes* images. Il n'aurait jamais pensé pouvoir ressentir une telle communion avec une femme.

À la porte de la chambre, Anissa l'observait, l'air un peu embarrassé.

— Merci de m'avoir aidée, hier soir.

— Comment va ton pied ce matin ? demanda-t-il en enfilant ses chaussures.

— Un peu endolori, mais rien de grave.

Lorsqu'il se dirigea vers la porte, Anissa ne bougea pas. Il s'arrêta à un pas d'elle.

— Hier soir, c'était…

Léo s'interrompit, à court de mots, pas certain de ce qu'il avait voulu exprimer.

— … La meilleure nuit de sexe de ma vie, compléta-t-elle.

Il ouvrit de grands yeux puis éclata de rire.

— Je crois que je ne peux qu'être d'accord avec cette affirmation.

Ses yeux bleus étaient fixés sur lui. Son estomac se tordit. Il avait l'impression que sa tête allait exploser : trop d'émotions à gérer en si peu de temps. En l'espace de quelques semaines, il avait retrouvé puis perdu ses parents, rencontré un frère et une sœur, et les dernières volontés de ses parents lui mettaient la pression pour qu'il s'intéresse à l'entreprise familiale. Il n'y avait pas de place pour autre chose en ce moment.

— Je ne cherche pas une histoire d'amour, dit très vite Anissa.

— Moi non plus.

La réponse était sortie toute seule, accompagnée d'un sentiment de soulagement.

— Et je ne fais jamais ce genre de choses d'habitude, ajouta-t-elle. Alors, s'il te plaît, ne va pas t'imaginer que c'est normal pour moi. Hier soir, c'était juste…

Cette fois, ce fut elle qui ne trouva pas les mots pour finir sa phrase. Léo s'en chargea :

— … Juste pour une fois.

— Une seule fois, acquiesça-t-elle.

Ils étaient assez proches pour qu'il puisse sentir l'odeur de shampoing fruité qui émanait d'elle. Il serait si facile de se pencher et de l'embrasser, de capturer à nouveau ces lèvres sensuelles, de tirer Anissa en arrière sur le lit défait…

La vérité était qu'elle avait raison : cette nuit avait été la meilleure de sa vie, et c'était plutôt inattendu. Mais cela tombait au mauvais moment.

Anissa s'écarta pour le laisser passer. La lumière du matin filtrait à travers les fenêtres du petit chalet. Il était propre et fonctionnel, avec seulement quelques indices sur la femme qui y séjournait. Une photo encadrée d'elle debout sur ses skis, les deux verres de cognac de la veille au soir, les chaussures de ski toujours posées sur le sol du salon. Il fut frappé de voir à quel point l'endroit, impersonnel, ne ressemblait pas à un foyer – tout comme son luxueux appartement new-yorkais, songea-t-il. Depuis combien de temps avait-elle dit qu'elle était ici ? Un an ? Il prit son manteau et l'enfila. Anissa lui tendit la main.

— Ce fut un plaisir de te rencontrer, Léo Baxter.

Son corps était raide, son au revoir formel, mais il pouvait encore lire une étincelle d'humour dans ses yeux.

— Plaisir partagé, Anissa Lang.

Sa poignée de main était ferme. Il n'était pas pressé d'y mettre fin. Ses yeux bleu pâle emprisonnaient son regard. Il n'avait pas ressenti une telle évidente attirance depuis… depuis si longtemps qu'il ne s'en souvenait plus. Il n'était pas sentimental, ne l'avait jamais été, ne le serait jamais, mais il y avait quelque chose chez cette fille, au-delà de sa beauté et de la passion qu'elle avait suscitée en lui la veille. Il eut un sourire ironique.

— Mauvais *timing*… Dans un autre monde, j'aurais aimé mieux te connaître.

Il lui déposa un baiser sur la joue, et avant qu'elle ait pu lui répondre, il sortit du chalet.

Il marcha dans la neige fraîche. La station s'éveillait. Il avait tant de choses auxquelles penser ; tant de choses à considérer.

Et il n'avait pas la moindre idée de ce qu'il voulait vraiment faire…

Anissa leva de nouveau le tableau de service devant elle.

— Oh ! allez, que quelqu'un échange avec moi ! S'il vous plaît.

Lucy regarda la liste des occupants des chalets les plus luxueux de toute la station.

— Qu'est-ce qui ne va pas avec Léo Baxter ? Mauvaise haleine ? Mains baladeuses ? Commentaires suggestifs ?

Anissa rougit. Chloé rit en rajustant son tablier.

— Oh ! non, rien de tout cela. Ou peut-être deux sur trois. Mais on dirait que personne ne veut nettoyer le chalet du magnifique milliardaire qu'Anissa a coincé l'autre jour…

Les yeux de Lucy s'agrandirent.

— C'était ce type ? Alors non, pas d'échange ! Tu dois aller nettoyer le chalet du beau gosse. Qui sait ce qui pourrait se passer…, ajouta-t-elle avec un clin d'œil malicieux.

Ses collègues parties, Anissa poussa un long soupir. Elle avait réussi à éviter d'avoir à faire le ménage dans le chalet de Léo ces derniers jours, car elle avait trouvé des collègues prêtes à échanger avec elle. Hélas, avant de se rendre compte que Léo logeait dans un des chalets que gérait la société qui l'employait, elle avait fait l'erreur de raconter à Chloé sa mystérieuse rencontre et sa folle nuit… Alors aujourd'hui, pas moyen d'y couper.

Elle vérifia sa montre. Elle avait un autre chalet à nettoyer. Peut-être qu'elle parviendrait à s'organiser pour éviter de croiser Léo… Il était là pour affaires, la probabilité qu'il sorte à un moment de la journée était donc grande.

Elle rassembla son matériel et se dirigea vers les chalets. Il y avait un 4x4 rouge à l'extérieur de celui où séjournait une famille, et rien devant chez Léo. Elle se dirigea vers sa porte, qu'elle entrouvrit grâce à son passe. Elle avait la gorge sèche, le cœur battant.

— Ménage ! lança-t-elle d'une voix mal assurée. Il y a quelqu'un ?

Sa voix résonna autour d'elle. Elle resta figée pendant quelques secondes, se demandant s'il y aurait une réponse. Rien. Elle poussa un soupir de soulagement et ferma la porte derrière elle.

« Chalet » était un terme un peu réducteur pour nommer l'endroit. Il convenait peut-être à celui où elle vivait, mais pas à ces immenses maisons construites au bord des pistes. Seuls y séjournaient des gens très riches, qui s'attendaient à un service impeccable. Et comme le chalet comptait une dizaine de chambres, ce n'était pas le genre d'intérieur que l'on pouvait nettoyer avec une brosse et un chiffon en une demi-heure.

Allez, ne reste pas plantée là ! Elle devait vraiment utiliser l'absence de Léo à bon escient et sortir le plus vite possible. Son cerveau essaya de penser logiquement. Il était impossible que Léo utilise toutes ces pièces. Il y avait de fortes chances qu'elle ait à nettoyer la pièce principale, une chambre, une salle de bains et la cuisine.

Elle brancha un diffuseur de parfum frais puis monta au dernier étage. Aucune des pièces ne semblait avoir été touchée, tout était encore impeccable. Elle descendit en courant au premier étage. Léo utilisait la suite principale – ce n'était pas une surprise. Mais c'était un peu étrange de voir ses affaires éparpillées. Le lit était défait. Elle s'approcha et le toucha, puis retira sa main. Sensation bizarre… Elle avait l'habitude de faire le lit d'inconnus, de ramasser leurs vêtements et de les plier, de réapprovisionner leurs salles de bains. Or Léo n'était pas un inconnu. Il était l'homme qui lui avait fait oublier que durant un an elle s'était sentie peu désirable et mal aimée. L'homme qui l'avait rendue à nouveau attirante et sexy.

Son odeur flottait dans la pièce. Elle prit une grande inspiration et s'assit une seconde sur le lit. Elle travaillait ici depuis un an et ne s'était jamais comportée ainsi.

Qu'est-ce qui n'allait pas chez elle ? Qu'est-ce qui avait changé depuis sa nuit avec Léo Baxter ?

Elle jeta un coup d'œil paniqué autour d'elle, s'attendant presque à ce que des caméras cachées enregistrent ce terrible délit. Elle caressa de la paume les draps de Léo. Il avait dormi ici. Avait-il pensé à elle ? Se souvenait-il d'elle ? Et si quelqu'un d'autre avait partagé le lit avec lui ?

Arrête !

Elle se leva, en colère contre elle-même pour avoir laissé ses pensées aller aussi loin. Elle refit le lit avec des draps propres en un temps record. Elle nettoya la pièce, ramassa une chemise et un pantalon et les rangea, puis passa à la salle de bains.

Anissa travailla aussi vite qu'elle pouvait. Normalement, elle aurait pris plus de temps, en s'assurant que la porte de la douche soit impeccable, tout comme le miroir ; là, elle se contenta d'un coup de chiffon.

Ensuite, elle se dépêcha de descendre dans la cuisine et commença à nettoyer. De temps à autre, elle levait les yeux vers la porte d'entrée. Elle était prête à prendre le risque que Léo se plaigne si cela lui permettait d'éviter de se retrouver face à lui. Elle ramassa les dosettes de café usagées. Zut ! Elle avait oublié le panier pour réapprovisionner la cuisine.

Elle sursauta en entendant un bruit qui venait de l'extérieur. Par la fenêtre, elle vit un 4x4 noir s'arrêter devant le chalet.

Oh ! non…

Elle rassembla les serviettes et les draps dans ses bras. Normalement, elle les mettait dans un sac à linge et téléphonait pour qu'on vienne les chercher. Elle se dit qu'elle allait sortir par la porte de derrière et les rapporter elle-même au bureau. Le temps qu'elle ordonne à ses jambes paralysées de la conduire à la porte, il était trop tard. Son cerveau embrouillé avait attendu trop longtemps.

Léo était à la porte.

Lorsque Léo ouvrit la porte du chalet, il fut frappé par le parfum frais de pin et de cannelle. Une touche de Noël. Un signe clair que le ménage avait été fait.

Il venait de revoir Giovanni. Il avait appelé ses propres avocats à New York afin qu'ils trouvent un moyen de le dispenser de gérer l'entreprise familiale pendant les six mois à venir. Mais les choses ne s'annonçaient pas bien et, à moins qu'il ne veuille la liquidation de Cattaneod Jewels, rester ici commençait à ressembler à une réelle possibilité.

Il se figea dans l'entrée et écarquilla les yeux.

— Anissa ?

Elle se tenait près du plan de travail de la cuisine, une pile blanche de linge dans les bras. Elle rougit instantanément.

— Tu travailles ici ?

— Je… Je…, bredouilla-t-elle, manifestement embarrassée.

— Tu m'avais dit que tu étais femme de ménage, mais je n'avais pas réalisé que tu travaillais dans ces chalets.

Il était surpris de la voir, mais encore plus surpris par le fait que ces retrouvailles le perturbaient. Il s'approcha d'elle.

— Pourquoi ne pas poser ce linge et prendre un café avec moi ? proposa-t-il.

Un éclair de panique lui traversa les yeux.

— Je ne peux pas. J'ai un autre chalet à nettoyer. Et je n'ai pas vraiment fini ici. Tu ne pourras même pas prendre un café, ajouta-t-elle avec une grimace. Je n'ai pas réapprovisionné la cuisine.

Léo s'approcha plus près. Il perçut l'odeur fruitée qu'il avait déjà respirée au matin qui avait suivi leur nuit torride. La fleur d'oranger. Les sensations lui revinrent. Sa chaleur. Sa passion. L'étincelle dans ses prunelles.

Ces derniers jours, il avait été enterré sous une montagne de dossiers légaux. Revoir Anissa faisait regretter le choix qu'il avait fait. Il avait aimé la façon dont elle l'avait *distrait*. Il avait plus qu'apprécié. Et il souhaitait en quelque sorte pouvoir revivre cette expérience.

— Qu'est-il arrivé à ma femme de ménage, alors ? Celle qui me ravitaille en différentes variétés de café tous les jours, avec du pain frais et des cookies aux pépites de chocolat.

Anissa laissa échapper un petit rire.

— Tu as eu Rena ces derniers jours, mais maintenant, c'est moi. Désolée.

Elle alla placer le linge dans le sac prévu à cet effet et le sortit devant la porte d'entrée. Puis elle passa un coup de fil, avant de revenir vers lui.

— Le café sera là dans quelques minutes.

Il hocha la tête. Son corps était en feu, il parvenait à grand-peine à contrôler son désir.

— Tu te joindras à moi ?

Elle jeta un coup d'œil à sa montre, puis lui adressa un large sourire.

— D'accord, mais vite. J'ai du travail, peu importe à quel point j'ai envie de le faire.

Parfait, songea Léo. Anissa Lang allait le distraire à nouveau…

Anissa avait l'estomac noué. Pendant les premières secondes, elle avait eu envie de s'enfuir. Le dieu du sexe avec lequel elle avait passé une nuit torride venait de la trouver en train de changer ses serviettes : ce n'était pas très glorieux, pour ne pas dire sacrément embarrassant.

Pourtant, Léo l'avait tout de suite mise à l'aise. Et comment nier qu'entre eux demeurait… quelque chose. Peu importait qu'elle l'ait délibérément évité ces derniers jours, il lui suffisait d'être à nouveau en sa présence pendant quelques secondes pour ressentir cette attirance – et l'étincelle dans ses beaux yeux posés sur elle était bien réelle. Elle aimait la compagnie de cet homme, et cela n'avait rien à voir avec son statut social ni l'épaisseur de son portefeuille.

Lorsque les fournitures leur furent apportées dans

un panier en osier. Anissa les rangea pendant que Léo préparait deux cafés.

— J'espère que cela te conviendra, dit-elle.

— Je suis facile à satisfaire.

— C'est ce qu'ils disent tous, renchérit-elle sur le même ton humoristique.

Elle vit que sa repartie l'amusait, toutefois il avait l'espace d'une seconde froncé presque imperceptiblement les sourcils.

— Léo, j'espère que tu as compris que c'était une blague, reprit-elle malgré son cœur qui battait à tout rompre dans sa poitrine. Je te l'ai dit, je n'ai jamais fait cela avant toi.

Ses yeux bleus brillaient, rivés aux siens. Ce type pourrait se plaindre d'elle. Ce type pourrait lui coûter son travail.

— Je te crois. Tu prends quelque chose dans ton café ?

Une vague de soulagement s'abattit sur elle. Elle aurait détesté qu'il pense qu'elle finissait au lit avec tous les gars qu'elle rencontrait. Certaines femmes de ménage avaient cette réputation, Anissa ne voulait pas que Léo la voie ainsi.

Elle prit le lait sur le plan de travail et en versa dans sa tasse. Puis elle tira la chaise en face de la sienne et s'assit. C'était un peu bizarre. Un peu formel. La dernière fois qu'ils avaient été ensemble, c'était nus dans un lit.

— Comment va ta jambe ?

Elle haussa les épaules.

— Bien. Je me bande la cheville quand je donne des cours.

— Depuis combien de temps skies-tu ?

— Je skiais presque avant de savoir marcher. Je suis autrichienne, c'est dans mes gènes. Le soir de notre rencontre, j'ai eu une seconde d'inattention. Cela ne m'arrive jamais.

La dernière fois, cela lui avait coûté sa carrière internationale, et son monde s'était effondré. Elle avait passé l'année précédente à essayer désespérément de retrouver son niveau, en vain. L'accident de l'autre soir l'avait secouée plus qu'elle ne l'aurait cru. Si Léo n'avait pas été là pour l'aider, puis lui changer les idées…

— Tu avais des pensées parasites ?

— Comme toi en ce moment ?

Elle avait remarqué que son regard se perdait de temps en temps dans le vague.

Il sourit.

— Je suis si lisible que cela ?

Elle hocha la tête et prit une gorgée de café.

— J'avais prévu de rentrer à New York, pas de rester ici.

Anissa tiqua. Si Léo était retourné à New York, elle ne l'aurait pas revu. Elle fut surprise de voir à quel point elle n'aimait pas cette idée.

— Que s'est-il passé ?

Il se mordilla la lèvre inférieure. Il était clair qu'il essayait de trouver les bons mots.

— Problèmes… familiaux. L'affaire que je suis venu régler n'aurait dû prendre qu'une journée, mais il y a eu des complications.

Il passa les doigts dans ses cheveux ébouriffés. Il était tendu et avait l'air fatigué, comme s'il avait mal dormi. Elle devinait que quelque chose n'allait pas. Il était évident que ses histoires de famille le perturbaient.

— C'est la bonne période de l'année pour être à Mont-Cœur, dit-elle.

— En tout cas, on dirait que c'est déjà Noël, ici ! s'exclama-t-il avec un sourire amusé.

— D'après ce que j'ai entendu, c'est à peu près la même chose à New York. Bientôt, on commencera à décorer pour Noël en juillet !

— Ou alors on laissera toutes les guirlandes d'une année sur l'autre.

Ils rirent ensemble, complices. Anissa entoura sa tasse de ses mains et fixa Léo.

— Tu devrais essayer les pistes. En plus, skier de nuit, c'est paisible. Apaisant. Les pentes sont beaucoup moins fréquentées. Peut-être que cela t'aiderait à te vider un peu la tête.

Il esquissa un demi-sourire ironique.

— Tu me proposes un rendez-vous galant ?

— Ne prends pas tes désirs pour des réalités, le taquina-t-elle à son tour. Je faisais une simple proposition.

— Cela pourrait être dangereux sur les pistes, seul, la nuit..., dit Léo, les yeux scintillant de malice.

— Qu'est-ce que tu suggères ?

Il haussa les épaules avec insouciance.

— Je pensais que quelqu'un pourrait venir avec moi. Ce serait beaucoup plus sûr ! Je t'ai vue sur les pistes : tu pourrais avoir de nouveau besoin d'aide...

Anissa résista au rire qui lui venait et joua à la femme outragée :

— Ha ! monsieur Baxter ! Cela ressemble presque à une insulte. Je suis choquée !

— Et si vous preniez cela comme un défi, madame Lang, répliqua-t-il avec un accent aristocrate.

Elle aimait décidément son humour. Elle se leva de sa chaise : si elle n'arrivait pas au chalet suivant rapidement, elle aurait des ennuis.

— Très bien. En tant que résidente, je me dois en effet de montrer pourquoi tout le monde aime tant Mont-Cœur. As-tu des projets pour ce soir ?

Il secoua la tête.

— Aucun. Je suis tout à toi.

— On se retrouve vers 9 heures ?

Elle prit le bloc-notes posé à côté du téléphone et y inscrivit des coordonnées.

— Voilà le nom et le numéro de l'endroit où tu pourras louer du matériel. Ils sont super, tu verras.

Sa main frôla la sienne alors qu'elle faisait glisser le morceau de papier vers lui.

— Cela ressemble quand même à un rendez-vous galant, dit-il d'un ton taquin.

— Ne te fais pas d'idées, Léo Baxter, lui lança-t-elle en se dirigeant vers la porte d'entrée.

Elle lui décocha un clin d'œil effronté avant de sortir. Son cœur menaçait d'exploser dans sa poitrine. Elle avait le souffle court. Et tout son corps était traversé par une délicieuse onde sensuelle.

Seigneur, que venait-elle de faire… ?

3.

Léo Baxter avait l'habitude de tout maîtriser, tout contrôler. Donc les derniers mois l'avaient sorti de ses schémas habituels.

La lettre qu'il avait reçue de ses parents biologiques était toujours dans sa mallette. Elle était là depuis qu'elle avait atterri dans la boîte aux lettres de son appartement, en août. Il lui avait fallu des semaines pour y répondre, puis, quand il l'avait fait, sa mère et son père avaient eu l'air très heureux et ils étaient tous les trois convenus d'un rendez-vous à New York.

Il avait dû lutter pour accepter que ce qu'il avait cru à leur sujet pendant la plus grande partie de sa vie était faux. Hélas, ils étaient morts dans un accident d'hélicoptère alors qu'ils venaient le retrouver. Il n'avait pas pu les voir en chair et en os. Il n'avait jamais pu les étreindre. Il n'avait jamais reçu un baiser de leur part. C'était presque comme si, depuis qu'il avait reçu leur lettre, son existence lui échappait.

Le testament en était la parfaite illustration. Il détestait être manipulé. Il détestait l'idée que quelqu'un puisse lui dire quoi faire.

Ses parents n'avaient aucune idée de l'endroit où il se trouvait ni de la vie qu'il menait lorsqu'ils l'avaient inclus dans le testament. Peut-être avaient-ils voulu lui donner la sécurité financière que la plupart des gens désirent. Mais Léo n'en avait pas besoin. Il avait créé sa propre entreprise et avait réussi au-delà de ses espérances, grâce à son travail acharné, à sa rigueur et à son côté parfois impitoyable.

Pour l'heure, ce testament ne servait pas ses intérêts. Il avait besoin d'être à New York car il avait plusieurs grosses affaires en cours. La perspective de rester à Mont-Cœur et gérer l'entreprise familiale lui mettait la pression et détournait son attention. L'idée d'Anissa d'aller skier pour se vider la tête était venue au bon moment.

Une légère bourrade dans le dos le prit par surprise.

— Prêt pour la grande descente ? lui lança Anissa, qui venait d'arriver derrière lui au pied du télésiège.

Elle le regarda des pieds à la tête.

— Ils ont amélioré leur gamme, on dirait, à la boutique de location.

Léo ne répondit rien, peu désireux de lui avouer qu'il avait acheté tout son équipement dans la boutique la plus huppée de la station. Anissa portait la même tenue noire que la première fois qu'il l'avait vue. Cette tenue lui allait divinement bien et mettait ses fesses en valeur. Ils s'installèrent côte à côte sur un siège ; quelques minutes plus tard, ils étaient au sommet, au départ de la piste noire.

À déconseiller aux âmes sensibles, se dit Léo en regardant vers le bas. Comme un village de poupées, Mont-Cœur scintillait de lumières, entouré d'un ciel sombre et d'une neige blanche.

— J'aime cet endroit, dit Anissa.

— Impressionnant, en effet.

Anissa se balançait d'un ski sur l'autre, visiblement impatiente de commencer. Un soupçon de malice saisit soudain Léo et il se tourna vers elle avec un large sourire.

— Bon, il va falloir me donner quelques conseils, à présent.

Elle le dévisagea comme s'il venait de lui annoncer qu'il était le président des États-Unis.

— Quoi ? !

— Tu sais, le genre de choses que tu enseignes à tes élèves.

Elle secoua la tête, l'air incrédule.

— Mais… Mais tu as dit que tu savais skier !

— J'ai peut-être un peu exagéré…, dit-il avec la mine la plus contrite possible.

— S'il te plaît, dis-moi que tu plaisantes ! dit-elle d'un ton inquiet. Je ne t'aurais jamais amené sur cette piste si tu n'étais pas expérimenté.

— Je le suis. Je suis peut-être juste… un peu rouillé.

Il adorait la faire marcher ainsi, la voir prendre tout ce qu'il disait pour argent comptant. Il était clair qu'elle envisageait de lui dire qu'il allait se tuer en descendant cette piste.

Elle inspira profondément, manifestement pour essayer de ne pas paniquer.

— OK, répétons les bases. Positionnement… Ralentir… S'arrêter…

Elle lui montrait chaque mouvement et essayait de le corriger, tandis qu'il prenait un malin plaisir à mal reproduire ses gestes.

— Quand as-tu skié pour la dernière fois ? demanda-t-elle.

— J'étais à la fac, dit-il en riant.

— À la fac ! s'écria-t-elle, horrifiée. Léo, ce n'est peut-être pas une si bonne idée…

— Depuis combien de temps donnes-tu des cours de ski ? demanda-t-il, curieux.

Son double emploi de monitrice et de femme de ménage l'intriguait. Elle pinça les lèvres. Elle avait soudain l'air vulnérable.

— Seulement depuis l'année dernière. Situation d'urgence.

Cette réponse ne fit qu'accroître sa curiosité.

— Pourquoi ? Que faisais-tu avant ?

Elle semblait mal à l'aise, nerveuse.

— Je… J'avais d'autres plans de carrière, mais ils ont été… mis de côté.

— Lesquels ?

Elle jeta un coup d'œil par-dessus son épaule, comme

si elle vérifiait si quelqu'un écoutait. Puis elle poussa un long soupir.

— J'étais skieuse professionnelle. Depuis quelques années. Je m'entraînais pour les championnats du monde, quand… J'espérais décrocher l'or, en descente.

Pour la première fois depuis qu'il l'avait rencontrée, il fut frappé de mutisme.

— Quoi ? dit-il enfin dans un souffle.

Elle eut l'air un peu blessée, vexée.

— Est-ce vraiment si *incroyable* ?

— Heu… Non, bien sûr que non. Mais…

Il s'arrêta et la regarda droit dans les yeux, avant de reprendre, grave et sérieux :

— Que s'est-il passé ?

— J'ai eu un accident. Un accident que mon chirurgien a qualifié de « catastrophique ». Je me suis cassé la jambe en trois endroits. Il a dit qu'elle ne serait plus jamais assez forte pour que je puisse reprendre la compétition.

Léo tendit la main et lui toucha le bras.

— Oh ! Anissa… Je suis vraiment désolé.

— Ne le sois pas. Je m'améliore de jour en jour. Je peux sentir la force revenir. J'ai juste besoin de continuer à m'entraîner, à me préparer pour reprendre de l'élan.

Il n'était pas sûr de la croire, ni qu'elle-même croyait à ce qu'elle disait. Il avait vu à quel point elle avait été choquée l'autre soir après son petit accident. Et si son médecin lui avait dit qu'il n'était plus possible d'être compétitive, Anissa se faisait-elle des illusions ?

— Qu'est-il arrivé à l'équipe qui t'entourait ? N'avais-tu pas de sponsors ?

Elle regarda au loin pendant une seconde avant de reposer les yeux sur lui.

— Mes sponsors m'ont lâchée en apprenant le verdict du chirurgien qui m'a opérée. C'est du business, je les comprends.

Il aurait voulu lui toucher la joue, l'embrasser, lui faire

savoir qu'il avait de l'empathie pour elle. Mais avec les skis, c'était mission impossible.

À l'entendre, la carrière d'Anissa était sur le point d'exploser, mais sa blessure avait tout gâché. Dans une station comme celle-ci, elle avait un rappel quotidien de ce qu'elle avait perdu.

Léo savait à quel point c'était difficile. Il avait passé les derniers jours à éviter Sebastian et Noémi – cette dernière l'avait appelé quatre ou cinq fois. Il essayait de réfléchir aux affaires de sa famille.

Il tendit la main et prit celle d'Anissa. Malgré les gants, un courant électrique le traversa.

— Je comprends, dit-il doucement.

Ses yeux bleu pâle rencontrèrent les siens. Il pouvait y lire une foule d'émotions contradictoires.

— Je comprends ce que l'on ressent quand sa vie change complètement, poursuivit-il.

Elle écarquilla les yeux, ce qui fit naître une petite ride sur son front.

— Vraiment ?

Il fit un signe de tête. Il ne voulait pas trop en dire.

— Disons simplement que la raison pour laquelle je suis venu à Mont-Cœur n'est pas vraiment celle qui m'oblige à rester. Tout est devenu très compliqué.

Soudain, Anissa se pencha en avant et le prit dans ses bras. Il respira profondément, laissant l'arôme familier de son parfum de fleur d'oranger l'entourer. Il resta là pendant quelques secondes, profitant de la sensation de son corps pressé contre le sien.

Lorsqu'elle s'écarta, elle lui sourit.

— Allez ! s'exclama-t-elle, nous sommes venus ici pour nous vider la tête et profiter de la vue !

D'un geste du bras, elle désigna le paysage. Niché dans la vallée, avec les montagnes et la neige qui l'entouraient, Mont-Cœur scintillait et dégageait une atmosphère chaleureuse. De là, on aurait dit une carte de Noël ornée de paillettes.

Léo se rendit compte avec un serrement au cœur qu'il n'avait jamais vraiment célébré Noël comme il l'avait toujours souhaité – dans un environnement où il se sentirait aimé. L'année précédente, il avait passé Noël dans un restaurant chic de New York avec un partenaire d'affaires en visite et une petite amie qui s'ennuyait. Lorsqu'il avait reçu la lettre de ses parents, il était à la fois excité et nerveux à l'idée de ce que Noël pourrait lui réserver cette année. Espoirs anéantis…

— Nous sommes aussi censés skier. Tu veux descendre sur une piste plus facile ? Nous pouvons le faire. Tu seras sans doute plus à l'aise.

Elle était sincère, essayant de ménager sa fierté et de lui rendre les choses faciles.

Ils venaient de s'ouvrir un peu l'un à l'autre. Anissa avait été une championne de classe mondiale. Impressionnant ! En fait, il ne pouvait pas imaginer la descente aux enfers qu'elle avait dû vivre. Qu'était-il arrivé à son entraîneur ? À son équipe ? Les sponsors, il pouvait *presque* comprendre, mais les autres ?

Cela le mit en colère. Il était furieux qu'elle soit obligée de passer ses journées à nettoyer les chalets des autres et à enseigner les bases de ce qui avait été sa passion. Elle méritait mieux. Et pourtant, elle se montrait altruiste.

— Ce n'est pas un problème, tu sais, ajouta-t-elle. Je suis sincère. Les gens se surestiment tout le temps et veulent descendre des pistes trop dures pour eux. On va trouver une piste plus facile.

Elle lui tapotait le bras gentiment, rassurante. Cela réveilla son côté provocateur. Il se redressa et regarda en bas de la pente.

— Et si on faisait une petite course ?

— Quoi ? s'écria-t-elle. Non ! C'est une piste pour skieurs expérimentés. Je pensais que tu l'étais, mais je me suis trompée. C'est beaucoup trop dangereux.

— Tu crois ?

Il lui fit un clin d'œil, poussa sur ses bâtons et entama la descente. Il l'entendit crier dans son dos :

— Léo !

Quel bonheur de dévaler la piste ainsi, le vent dans les oreilles, grisé par la vitesse et le crissement léger de ses skis sur la neige ! La nuit noire autour, les lumières blanches et bleues qui éclairaient la piste, c'était magique.

Il se baissa et prit de la vitesse, prenant de larges virages pour ne pas trop ralentir. Il avait menti à Anissa : cela faisait seulement quelques mois qu'il n'avait pas skié. Il aimait la sensation de l'air froid sur son visage et celle de liberté.

Trente secondes plus tard, il entendit le sifflement des skis d'Anissa derrière lui.

— Espèce de salaud ! cria-t-elle.

Il rit et jeta un coup d'œil par-dessus son épaule. Anissa avait déjà rattrapé son retard, le regard déterminé.

— Tu m'as menti ! Rattrape-moi si tu peux !

Il rit de plus belle. De l'avoir dupée sur son véritable niveau, de la voir si déterminée à le vaincre. Anissa Lang jouait pour gagner – encore une chose qu'il aimait chez elle…

Il essaya de garder le contact avec la fusée noire qui l'avait dépassé, mais Anissa était bien trop en phase avec la pente, trop expérimentée. Cela semblait facile, naturel. Un don.

Alors que le bas de la piste apparaissait, son estomac se serra.

— Ralentis ! marmonna-t-il entre ses dents serrées.

Mais Anissa continuait de foncer vers l'arrivée. La panique s'empara de lui. Puis ce fut comme si quelqu'un avait actionné un interrupteur : tout à coup, elle se redressa, plia les jambes, exécuta dans une gerbe de poudreuse une merveille de virage et s'arrêta net. C'était le plus gracieux des mouvements. Parfait. Professionnel.

Léo ralentit, mais beaucoup plus tôt qu'elle. Lorsqu'il arriva au bas de la pente, Anissa se tenait debout, appuyée sur ses bâtons, affichant un grand sourire.

— Alors, monsieur le petit malin ? On fait semblant de ne pas savoir skier, on joue à l'idiot du village et on voit combien de temps il faut à la dame pour nous rattraper, c'est ça ?

— Tu m'as rattrapé ? Je n'ai pas remarqué, ironisa-t-il.

— Je t'ai mis la pâtée. Un point, c'est tout !

Elle souriait toujours, essayant de provoquer son orgueil de compétiteur. Il croisa les bras et la toisa, un sourire moqueur aux lèvres.

— J'aurais pu te rattraper.

Elle croisa aussi les bras.

— Vraiment ? lança-t-elle d'un ton faussement dédaigneux.

— J'ai été gentil. Je t'ai laissée gagner.

Elle enfonça le loquet à l'arrière de sa chaussure avec son bâton et déchaussa, puis elle répéta la manœuvre avec l'autre ski.

— Ah bon, tu m'as laissée gagner ?

— Je suis un gentleman. Un gentleman laisse toujours gagner une *lady*.

Anissa s'accroupit dans la neige.

— Qui a dit que j'étais une *lady* ?

Quelque chose vola et le frappa en plein visage. Pendant une seconde, Léo resta stupéfait, de la neige plein les cheveux et le visage. Il secoua la tête et brossa la neige de son blouson.

— Tu veux la jouer comme ça ? Très bien.

Il déchaussa à son tour, tandis qu'une autre boule de neige le frappait à la poitrine, puis une troisième à l'épaule. Il se baissa, forma une boule et la lança. Mais Anissa était rapide. Elle se déplaçait à la vitesse de l'éclair, même avec ses chaussures de ski. Et ses mains étaient encore plus rapides pour former et lancer des boules de neige.

Paf ! Paf ! Paf !

— Vous, les New-Yorkais, vous pensez toujours que vous êtes meilleurs en tout !

Léo lançait des boules de neige lui aussi, mais pas une n'atteignit sa cible. Le rire d'Anissa égayait la nuit. Soudain, il se rua vers elle, d'une démarche pataude à cause de ses chaussures de ski. Le temps qu'elle revienne de sa surprise et comprenne ce qu'il s'apprêtait à faire, il plongeait sur elle et la plaquait. Ils roulèrent dans la neige fraîche.

Anissa était allongée sur le dos, l'air stupéfait. Léo ne put s'empêcher de rire, une jambe de chaque côté d'elle et les mains dans la neige à côté de sa tête.

— Tu n'es pas fair-play ! protesta-t-elle avec le sourire.

— Fair-play ? Comment suis-je censé rivaliser avec une potentielle championne olympique ? Tu me l'as dit avant qu'on arrive là-haut ? Non. *Ça*, ce n'était pas fair-play ! la titilla-t-il.

— Je n'avais pas prévu de te le dire du tout.

Léo plongea le regard dans ses prunelles bleues incandescentes et approcha le visage du sien.

— Je sais. Tu étais tellement craquante, là-haut…

Elle haussa les sourcils, comme s'il venait de prononcer une incongruité. Elle semblait gênée.

— En tout cas, je note que tu es souvent au-dessus de moi quand je suis allongée dans la neige, dit-elle d'un ton léger, comme pour changer de sujet.

— Tu as raison, on devrait peut-être trouver autre chose, la prochaine fois.

— Ou alors c'est notre destin. Peut-être que nous étions destinés à nous rencontrer.

Ses paroles touchèrent une corde sensible chez Léo.

— Tu crois au destin ? Après avoir reçu un coup si dur ?

En prononçant ces mots à haute voix, il constata à quel point ils reflétaient sa propre situation. La différence, c'était qu'Anissa avait toujours suivi un objectif. Léo, lui, n'avait pas osé espérer ; et lorsqu'il avait réalisé à quel point il aurait aimé avoir une relation avec ses parents, la chance s'était envolée. Le destin…

— Je dois croire en quelque chose, Léo, dit-elle d'une voix calme. Il ne reste pas grand-chose, sinon.

Son cœur se serra. Les cheveux blonds et les yeux bleu pâle d'Anissa se détachaient sur la neige blanche. Il ne put résister. Il se pencha vers elle, frôlant ses lèvres des siennes. Elle avait un goût sucré. Et des sensations troublantes l'enveloppèrent.

Anissa enroula les bras autour de son cou et l'embrassa en retour. En cet instant, rien ne comptait plus, l'univers se réduisait à cette femme superbe dans ses bras. Une femme vive, intelligente, drôle. Du soulagement l'envahit : il ne se sentait plus seul.

C'était fou…

Quand Anissa l'avait invité à cette séance de ski nocturne, il savait qu'il n'y avait aucun autre endroit sur Terre où il aurait préféré être. C'était étrange de voir comment deux âmes perdues se rapprochaient, toutes deux luttant contre leurs démons tout en essayant de reprendre leur vie en main.

Ses mains fines lui caressaient les cheveux. Elle s'écarta de ses lèvres et lui murmura à l'oreille :

— C'est comme ça que tu comptes gagner la prochaine course, en me distrayant ?

Il rit.

— Tous les moyens sont bons, non ?

4.

Anissa avait l'estomac noué. Cela faisait longtemps qu'un homme ne l'avait pas fait se sentir attirante, importante, désirée.

Elle tira sur son haut noir à bretelles croisées dans le dos, décontracté, mais pas trop, qu'elle portait avec un jean. Elle avait les cheveux défaits et avait mis un peu plus de maquillage que d'habitude – une première pour le rouge à lèvres…

Elle fronça les sourcils devant son reflet dans le miroir. Amy et Chloé s'assirent sur son canapé.

— Comment je suis ? leur demanda-t-elle.

— Parfaite, dit Chloé après une gorgée de vin. Exactement comme tu l'étais il y a dix minutes avec le même haut.

— Tu es sûre ?

Elle retourna vers le lit, sur lequel étaient éparpillés plusieurs hauts.

— J'aurais peut-être dû choisir le bleu ? Celui-ci fait trop habillé, non ?

Elle soupira en se retournant vers le miroir.

— J'en fais trop, hein ?

Amy rit à gorge déployée.

— Anissa, tu es parfaite. Magnifique. Ton Léo a de la chance que tu aies accepté de sortir avec lui.

Elle leva son verre de vin et le tendit dans sa direction.

— Il n'est peut-être que 14 heures ici, mais quelque part dans le monde, c'est l'heure de l'apéritif !

Anissa n'avait pas touché à son verre. Chloé et Amy

étaient venues l'aider à se préparer. Elles avaient apporté du vin. Elle s'affala sur le canapé entre ses deux amies et se tordit les mains.

— C'est vraiment pathétique d'être aussi nerveuse. J'ai vingt-huit ans, bon sang ! J'ai l'impression d'avoir à nouveau treize ans et d'aller à mon premier rendez-vous.

— Qu'est-ce qui calme les nerfs ? demanda Amy.

— Le vin ! s'exclama Chloé.

Ses amies s'esclaffèrent.

— Pourquoi être nerveuse ? reprit Chloé. Tu as déjà vécu ce genre de situation, non ? Là, c'est un beau et riche célibataire qui est clairement attiré par toi. Va t'amuser un peu !

Amy posa sa main sur celle d'Anissa.

— Ça a été une année pourrie pour toi, ma chérie. Profite de cette opportunité, éclate-toi ! Tu le mérites.

Amy prit le verre d'Anissa et le lui tendit. Puis elle porta un toast :

— Au plaisir et aux hommes très beaux !

Anissa trinqua avec ses amies, sans toutefois pouvoir se départir de sa nervosité. Dans quelques minutes, Léo Baxter et elle se retrouvaient pour un déjeuner tardif…

Léo surveillait la porte. Il avait choisi un restaurant central et pas parmi les plus huppés de la station – il voulait qu'Anissa se sente à l'aise.

Lorsqu'elle entra, il poussa un soupir de soulagement. La nervosité était une sensation nouvelle pour lui. Elle était apparue au moment où il avait reçu la lettre de sa mère et de son père et se manifestait régulièrement depuis.

Il était sorti avec de nombreuses femmes à New York ces dernières années, même si sa priorité avait toujours été ses affaires. Aucune de ses toujours brèves relations ne l'avait rendu nerveux. Il avait toujours été maître de la situation, attentionné, mais distant. Heureux de laisser l'histoire évoluer si tout se passait bien, tout aussi heureux de la laisser se terminer lorsque c'était nécessaire. Pour la première fois, il était fébrile.

Étrange… Après les coups durs de l'enfance, il avait été déterminé à devenir un adulte confiant. Et il avait réussi, jusqu'à ce qu'il reçoive cette lettre. Depuis, le doute s'était immiscé dans sa vie. Alors voir Anissa franchir la porte et s'avancer vers lui était comme une bouffée d'air frais.

Elle lui adressa un sourire timide en le rejoignant au bar.

— Tu veux un verre ? lui demanda-t-il.

— Comme toi, une bière.

Il commanda. Dès qu'Anissa fut servie, ils se faufilèrent à travers la foule des clients et s'installèrent à la petite table à l'écart qu'il avait pris le soin de réserver. Une serveuse leur donna les cartes.

— On dirait que tout le monde ne vient pas à Mont-Cœur pour skier, lança-t-il avec un geste de la tête en direction de la salle bondée.

— Payer autant pour séjourner ici et passer la journée dans un bar, quel gâchis !

— Tu aimes vraiment le ski, n'est-ce pas ?

Elle soupira.

— C'est dans mon sang. Je ne peux pas… ne pas skier. J'adore ça. La liberté. La vitesse. L'exaltation. Si je rate ne serait-ce qu'un jour, ça me démange aussitôt de retourner sur les pistes.

— C'est génial que tu aies trouvé ta voie. Cela a dû être très dur quand tu as été blessée, ajouta-t-il après avoir choisi ses mots avec soin.

Elle cligna des yeux, où brillaient des larmes.

— Oui, c'était dur. Et long. J'ai dû subir deux opérations distinctes, avec six semaines entre chacune. Ensuite, j'ai fait de la rééducation pendant douze semaines.

— Comment va ta jambe, aujourd'hui ? Tu as retrouvé toute la force ?

Il était curieux, mais prudent. Se remettait-on vraiment complètement d'une telle blessure ?

Anissa remua la jambe sous la table, la frottant contre la sienne.

— La nuit, c'est encore un peu douloureux. Surtout si j'ai passé toute la journée sur des skis. Je dois prendre des analgésiques. Mais j'avais aussi mal tous les soirs après l'entraînement. Ce n'est donc pas nouveau.

— Mais si tu ne skies pas, tu n'auras pas besoin d'analgésiques ?

Léo n'avait pu cacher son inquiétude. Elle haussa les épaules, comme si cette pensée ne lui était jamais venue à l'esprit.

— Je ne sais pas. Je ne saurai jamais. Je skierai toujours.

— Tu es encore en contact avec des personnes de ton ancienne structure ?

Un éclair de douleur lui traversa le regard. Elle se reprit et secoua la tête.

— Je vais attendre d'être de nouveau au top avant de reprendre des contacts. C'est un petit monde. Je préfère être prête avant d'essayer de trouver un nouvel entraîneur.

Il devina qu'elle lui cachait quelque chose. Il n'eut pas le loisir d'approfondir : la serveuse arrivait pour prendre leur commande.

— Je vais prendre le burger suisse, à point, avec tous les accompagnements.

Léo n'avait pas encore jeté un coup d'œil au menu, trop pris par la conversation avec Anissa. Il rendit son menu avec un sourire.

— La même chose.

— Tu n'avais pas d'affaires à traiter, aujourd'hui ? demanda Anissa sitôt la serveuse repartie.

— Trois appels à New York, une centaine de mails, et j'ai une conférence téléphonique avec le Japon plus tard dans la journée.

Anissa appuya la tête sur une de ses mains en le dévisageant.

— Je voulais parler de tes affaires de famille. N'est-ce pas pour cela que tu es ici ?

Il soupira.

— J'attends juste des nouvelles avant de décider de ma prochaine étape, éluda-t-il, peu désireux de s'étendre sur le sujet.

Ce n'était pas faux. Il espérait toujours que son avocat trouverait une faille magique qui le libérerait des termes du testament – même si c'était très peu probable.

— Que fais-tu à New York ? demanda-t-elle. Si ça se trouve, tu es un tueur en série. Ou un espion. Ou un agent immobilier, star de la téléréalité !

Léo ne put s'empêcher de rire.

— Est-ce que je ressemble à une star de la téléréalité, d'après toi ?

Du regard, elle parcourut sa silhouette de haut en bas, comme si elle le contemplait vraiment.

— Mauvaise question, reprit-il. J'aurais dû te demander si je ressemblais à un tueur en série.

Elle rit et fit tinter sa bouteille contre la sienne.

— Merci, Léo. J'avais besoin de m'amuser un peu.

Il la fixa durant quelques secondes.

— Moi aussi, dit-il d'un ton grave, sincère.

C'est ridicule, songea-t-il aussitôt.

Il avait hâte de partir de Mont-Cœur. Il n'aurait jamais dû être ici, et c'était le dernier endroit où il se serait attendu à rencontrer quelqu'un. Mais la présence d'Anissa avait rendu les derniers jours un peu plus supportables.

La serveuse apparut avec leurs plats, qu'elle posa devant eux. L'endroit était animé et ils s'étaient rapprochés l'un de l'autre pour se parler, ce qui créait une intimité troublante.

Dès leur première rencontre, il avait été attiré par elle. Et plus il passait de temps avec elle, plus cette attirance augmentait. Anissa avait des qualités qu'il admirait : détermination, capacité à travailler dur, volonté. Mais il soupçonnait également des blessures, et pas seulement physiques. Cela ne faisait que renforcer ses liens avec elle, et aujourd'hui elle semblait plus détendue.

Avec elle, il remarquait des petites choses qu'il n'avait pas l'habitude de remarquer. Ainsi, quand elle bavardait, elle jouait toujours avec la boucle d'oreille dans son lobe gauche. Elle préférait mettre ses cheveux derrière son oreille droite. Elle était observatrice et semblait aimer étudier les gens.

— La fille avec la veste rouge, tu penses qu'elle est à un premier rendez-vous ? lui demanda-t-elle.

Léo suivit son regard. La fille gigotait sur son siège, puis s'y figea quand un type en veste noire engagea la conversation avec elle.

— Elle préférerait être ailleurs, non ? Et lui ne peut pas s'arrêter de parler. Il a l'air si nerveux !

Anissa fit un signe de tête vers la droite.

— Et les quatre filles dans le box, là-bas ? Il y a de l'orage dans l'air…

Léo les regarda en finissant sa bière.

— Tu pourrais avoir raison. On dirait que la situation s'envenime.

Quelques secondes plus tard, l'une d'entre elles prit son sac, sa veste, et sortit comme une furie.

— Tu aimes observer les gens, n'est-ce pas ?

— Bien sûr. Comme tout le monde, non ? D'habitude, je n'ai pas le temps. Je travaille dans les chalets le matin, puis en général je donne des cours l'après-midi, parfois aussi le soir. J'apprécie d'avoir un peu de temps libre.

Elle finit sa bière à son tour et prit un air de conspiratrice.

— J'aime imaginer la vie des gens. Ce couple, par exemple, commença-t-elle à voix basse, avec un léger mouvement de tête pour le désigner. Il a l'air normal, mais elle est en fait la princesse héritière d'une principauté et lui son garde du corps.

Elle se pencha en avant, regarda à droite et à gauche comme s'ils étaient espionnés et murmura derrière sa main :

— Ils sont vraiment amoureux l'un de l'autre.

Léo sourit.

— Tu as pas mal d'imagination.

— Et encore, tu n'as rien vu, crois-moi, le provoqua-t-elle d'une voix rauque et sensuelle.

Il aimait ça. Il aimait beaucoup ça.

L'écran de son téléphone s'alluma, elle saisit l'appareil, sourit en lisant le message et tapa une réponse rapide.

— Qui est-ce ? demanda-t-il malgré lui.

— Ma mère et mon père. Ils sont en Autriche et ils m'envoient des SMS tous les jours. Sauf quand nous regardons un épisode de notre série préférée en même temps. Alors, on s'envoie des SMS toutes les cinq minutes.

Ainsi, elle avait des parents qui l'aimaient et la soutenaient. Une relation qu'il n'avait pas connue dans le passé et qu'il ne pouvait pas développer à l'avenir. Il était surpris de découvrir que cela le rongeait.

La serveuse se matérialisa à côté d'eux.

— Quelque chose à boire ?

Exactement ce dont il avait besoin, se dit Léo. Il prit la carte des boissons qu'elle lui tendait.

— Un cocktail, Anissa ?

— Si tôt ?

Il se pencha vers elle, presque tête contre tête.

— Nous avons encore plein de gens à observer, dans ce bar ! chuchota-t-il.

— Évidemment ! Alors, surprends-moi.

Il parcourut la liste des cocktails.

— Nous prendrons deux stormy slopes.

La serveuse débarrassa leur table et s'éloigna. Elle revint quelques minutes plus tard avec deux grands verres. Anissa renifla le sien.

— Hum, intéressant.

Elle aspira une gorgée à la paille.

— Waouh, c'est bon ! Qu'est-ce qu'il y a dedans ?

— Rhum, bière au gingembre et citron vert, dit-il avant de goûter à son tour. Savoureux. Pas trop fort. Un cocktail de l'après-midi. Nous voulons garder le contrôle, n'est-ce pas. Pour l'instant en tout cas…

— Tu as fait les magasins, ici ? demanda-t-elle soudain.

Il secoua la tête.

— J'ai été trop occupé. J'ai passé la plupart de mon temps au téléphone avec New York.

— Pas vraiment des vacances !

— Ce n'était pas censé être des vacances.

Elle ne répondit rien et se contenta de le fixer. Léo prit une profonde inspiration.

— Y a-t-il un magasin que tu me recommanderais ?

Elle eut un petit sourire, comprenant sans doute qu'il voulait changer de sujet.

— Peut-être. Il y a beaucoup de boutiques originales à Mont-Cœur. Tu dois acheter des cadeaux pour quelqu'un, à New York ? Je peux te montrer où trouver quelque chose d'un peu différent.

Son estomac se contracta. C'était la première année qu'il aurait pu acheter quelque chose pour sa mère et son père. Noël. La période de l'année qu'il préférait éviter. Qu'en était-il de Sebastian ? De Noémi ? Devrait-il acheter des cadeaux pour son frère et sa sœur ? Que pourrait-il bien leur acheter ? Il les connaissait à peine.

Le visage de son assistante flotta dans son esprit. Keisa travaillait pour lui depuis six ans. Il achetait généralement pour elle quelque chose en ligne et le faisait livrer.

— J'achète toujours quelque chose pour mon assistante, Keisa.

— Quel âge ?

— La cinquantaine, je dirais.

— Je connais quelques magasins où nous pouvons aller.

Léo ne sut comment exprimer ce sentiment étrange et tiède qui le gagnait et qui ressemblait à de la gratitude. Décidément, Anissa était surprenante…

Dans les rues enneigées, la lumière commençait déjà à décliner. Les gens étaient emmitouflés dans des parkas, avec bonnets et écharpes.

Bien qu'il fasse un froid glacial, Anissa trouvait Mont-Cœur chaleureux. Peut-être parce que c'était la première fois depuis des années qu'elle rencontrait un homme aussi séduisant, à tous points de vue. Même si elle savait qu'il n'y avait aucune chance que leur histoire prenne son envol – la vie de Léo était à New York et la sienne ici –, il était agréable d'être à nouveau avec quelqu'un ; de regarder quelqu'un et de sentir qu'il s'intéressait vraiment à ce que vous disiez. L'électricité qui grésillait entre eux était elle aussi délectable.

Elle était malgré tout curieuse. Léo avait déclaré qu'il était ici pour une affaire de famille, mais il n'en avait mentionné aucun membre à qui il avait l'intention d'acheter un cadeau de Noël. N'était-il pas proche de sa famille ? Venir à Mont-Cœur depuis New York, c'était faire un long chemin pour la retrouver s'il n'en était pas particulièrement proche…

Ils firent un peu de lèche-vitrines. Anissa indiqua à son compagnon un magasin de mode, une chocolaterie suisse traditionnelle et une bijouterie. Aucune de ces boutiques n'attira l'attention de Léo. Elle s'arrêta et croisa les bras.

— Qu'est-ce que tu offres d'habitude à Keisa ? Oh non ! reprit-elle face à son silence gêné. Tu lui achètes une écharpe ou des bougies parfumées sur Internet !

— Comment tu le sais ? Tu m'espionnes ? grommela Léo.

Elle ressentit un soupçon de tristesse pour lui. Pourquoi un type aussi gentil que Léo n'avait-il qu'une assistante à gâter pour Noël ? Il semblait si seul !

— Pourquoi ne pas faire preuve d'imagination ? Regarde ces magnifiques boutiques. Pense à Keisa. Quel genre de personne est-elle ? Qu'est-ce qu'elle aime ? T'a-t-elle déjà dit quoi que ce soit qui puisse te donner une idée pour un cadeau un peu plus personnel ?

— Très bien, tu as raison. Voyons voir si je peux solliciter mon imagination, répliqua-t-il avec un clin d'œil.

Alors qu'ils avançaient dans la rue, la main de Léo frôla la sienne, lui envoyant une petite décharge électrique dans le bras. Elle ne s'en était pas encore remise qu'il lui prenait la main. Elle ne protesta pas.

Son ex n'aimait pas les démonstrations d'affection en public. Il ne lui avait jamais tenu la main. Il n'avait jamais mis son bras autour d'elle quand ils marchaient dans la rue. Ils étaient sortis ensemble pendant quatre ans et avaient pratiquement vécu ensemble pendant l'année de leurs fiançailles. Mais au fond d'elle-même, elle se demandait à présent s'ils avaient jamais été proches.

Entre eux, il n'était question que de ski, de séances d'entraînement, de chronos. Jamais de dîner au restaurant en tête à tête, toujours avec des membres de l'équipe ou des collègues, pour parler objectifs, compétition, ski, ski, ski. Les voyages à l'étranger étaient bien sûr liés à une course. En lui prenant simplement la main, Léo avait fait sauter un verrou dans sa poitrine – et lui donnait l'impression d'être passée à côté de quelque chose.

— Là ! s'exclama Léo.

Il montrait du doigt une boutique de l'autre côté de la rue, avec une façade en bois à l'ancienne et une porte à petits carreaux de verre. Un arbre de Noël délicatement décoré illuminait le centre de la vitrine.

— Oui, j'avais oublié cet endroit. Ils ont beaucoup de sculptures en bois, d'objets de décoration, quelques bijoux de créateurs aussi.

Léo poussa la porte et des effluves de cannelle, de pin et d'orange les entourèrent. Toute la boutique scintillait de lumières colorées. Ils admirèrent les créations artisanales qui étaient exposées.

— Waouh ! s'exclama soudain Léo.

Anissa suivit son regard. Le mur du fond de la boutique

était couvert de rangées de coucous. Léo s'avança, passant de l'un à l'autre. Chacun était singulier, original, en bois sculpté à la main. Anissa n'avait jamais vraiment regardé de près un coucou, mais elle pouvait maintenant en apprécier les détails. Elle leva une main hésitante pour les toucher.

— Je me demande combien d'heures cela prend pour en fabriquer un.

— Je sais qu'en Suisse, en Autriche ou en Allemagne, ce n'est pas très original, un coucou. Mais à New York…

— C'est plus personnel qu'un flacon de parfum, dit-elle en souriant.

Il était planté devant un modèle magnifique, qui jouait sur les nuances naturelles de différentes essences de bois, avec quelques zones soigneusement peintes. Il y avait le coucou traditionnel en haut, avec sa double porte rouge, deux petits balcons, l'un avec un rocking-chair sculpté, l'autre avec quelques oiseaux perchés sur le bord. En dessous, sur un côté, deux enfants jouaient sur une balançoire, un chien à leurs pieds ; de l'autre côté était planté un arbre de Noël avec de petites boules rouges et bleues et une étoile scintillante en or au sommet. L'ensemble était décoré d'un saupoudrage de neige. Une véritable œuvre d'art !

Sans comprendre ce qui lui arrivait, Anissa sentit une larme dans le coin de son œil.

— C'est beau, murmura-t-elle.

Léo se cala derrière elle, une main à sa taille, et se pencha sur son épaule.

— Qu'est-ce qui ne va pas ?

D'une main, elle essuya la larme qui avait commencé à rouler sur sa joue.

— Ce n'est rien. Je suis parfois un peu stupide.

— Stupide à propos de quoi ?

Anissa fit un effort pour maîtriser le tremblement de sa voix.

— C'est juste que… C'est tellement parfait ! Et on peut voir quel travail cela a demandé. C'est comme si le rêve de quelqu'un était concrétisé juste devant nous. Tout le monde n'a pas la chance de réaliser ses rêves…

L'autre main de Léo se referma sur sa taille. Il la tira tout contre lui, la maintenant immobile. Anissa ferma les yeux, consciente de sa poitrine qui montait et descendait. Elle se laissa aller contre le torse de Léo.

— Je comprends ce que tu veux dire.

Elle fronça les sourcils : multimillionnaire à même pas quarante ans, n'avait-il pas réalisé son rêve ? Mais il était préoccupé par des problèmes familiaux, lui avait-il avoué…

— Tu m'as dit que tu étais ici pour voir ta famille. Quelque chose ne va pas ? Tu n'en parles pas, je sais juste que les choses sont… difficiles.

En rouvrant les yeux, la tête tournée vers lui, elle vit un éclair de douleur dans son regard.

— Je… C'était la première fois que je rencontrais mon frère et ma sœur.

Elle ne put retenir une exclamation de surprise. Elle se demandait bien sûr pourquoi il lui avait fallu autant de temps pour rencontrer son frère et sa sœur, mais elle devinait qu'il avait du mal à en parler. Après tout, cela ne la regardait pas. Et elle ne voulait pas le pousser à en dire plus qu'il n'était prêt à le faire.

— Jusqu'à il y a quelques mois, reprit-il d'une voix blanche, Sebastian et Noémi ne savaient pas que j'existais, ni moi qu'ils existaient. La première rencontre a été difficile. Je ne sais pas comment les choses vont se passer. Je ne suis pas sûr d'être capable de faire partie de cette famille.

Anissa percevait les non-dits cachés derrière les mots de Léo. Et les blessures. Insister serait une erreur. Elle se tourna vers lui et passa les doigts dans ses cheveux.

— Je suppose que c'est pour cette raison que tu ne te sens pas si… *chanceux*.

— Et toi ?

Elle se concentra sur la belle horloge qu'avait choisie Léo.

— Pas ces derniers temps, admit-elle. Cette année a été difficile. Mont-Cœur est l'endroit où je dois être, où je peux avoir la chance de m'entraîner, mais, honnêtement, depuis un an, c'est comme un rappel permanent de ce que j'ai raté, de ce que j'aurais dû accomplir. De ce que je veux encore accomplir.

Il continuait à la tenir dans ses bras. Elle s'y sentait bien. Et c'était stupide : ils venaient juste de se rencontrer. Pourtant, elle posa la tête contre son torse. Elle ne savait pas pourquoi, mais elle se sentait à l'aise avec Léo. C'était facile de parler avec lui, encore plus quand elle n'avait pas à le regarder dans les yeux.

— Rien de tel que d'apprendre une mauvaise nouvelle, de se tourner vers son fiancé pour obtenir son soutien et de le voir prendre ses jambes à son cou, poursuivit Anissa.

Léo se raidit.

— C'est ce qui s'est passé ?

Elle hocha la tête.

— Ouais. Plus de coach. Plus de fiancé. Plus de mariage. Super façon d'aider une fille quand elle est déprimée, non ?

Elle essayait de prendre un ton ironique, mais c'était sa lassitude que Léo devait entendre. Entendait à n'en pas douter. Car elle était fatiguée. Fatiguée de se battre tout le temps toute seule.

Les lèvres de Léo frôlèrent son oreille tandis qu'il se penchait pour lui parler tout bas.

— Une chose est claire, ce type ne te méritait pas. Pas une seconde.

Son téléphone vibra et il recula. Elle s'en voulut de lui en vouloir. Il regarda l'écran, décrocha et posa la main sur le micro de son téléphone.

— Donne-moi une minute.

Elle acquiesça de la tête.

— Tu veux que je demande qu'on emballe le coucou ?

— Ce serait formidable, dit-il en se dirigeant vers la porte.

Anissa se retourna vers l'horloge. Elle était magnifique. Une œuvre d'art. Elle aurait tant aimé pouvoir penser autant de bien d'elle-même de temps à autre…

Léo n'aimait pas ce qu'il entendait. Une affaire importante sur laquelle il travaillait depuis un an avait eu un contretemps de dernière minute. Joe, l'homme avec lequel il traitait, était âgé et n'avait confiance qu'en lui. Léo devait régler le problème lui-même.

— OK, soupira-t-il, je rentre dès que possible.

Il raccrocha. Il voulait retourner à New York depuis des jours, mais il savait qu'une fois là-bas il y avait peu de chances qu'il revienne pour passer Noël à Mont-Cœur avec sa nouvelle famille. D'autant qu'il était obligé d'assister à un bal de charité de Noël.

Par la vitrine du magasin, il voyait Anissa parler au propriétaire, qui emballait le coucou dans du papier de soie et du papier bulle. Son estomac se serra. Il n'allait jamais au bal de Noël seul… Et pour la première fois, la perspective de décider laquelle de ses maîtresses ou prétendantes il emmènerait danser ne lui semblait pas si attrayante.

Il rentra dans la boutique.

— Presque fini ! déclara Anissa, tout sourires.

— Je dois retourner à New York.

Elle se décomposa.

— Quoi ?

Elle était bouleversée. Il en était malade. Il détestait la douleur dans son regard. Elle la chassa aussitôt.

— Oui, bien sûr, je comprends, se reprit-elle.

— Une affaire particulièrement délicate, se justifia-t-il.

Anissa pinça les lèvres et hocha la tête comme mécaniquement. Alors, une idée qui lui avait traversé l'esprit pendant qu'il était dehors emplit soudain le cerveau de Léo, et les mots jaillirent de ses lèvres :

— Viens avec moi.

Il détestait la douleur qui avait émané de tout son être lorsqu'elle avait avoué que résider à Mont-Cœur lui rappelait en permanence ce qu'elle avait perdu. Peut-être avait-il le pouvoir de remettre un peu d'éclat et d'espoir dans ses yeux.

— Que… Quoi ? s'exclama-t-elle, une expression de profonde incrédulité sur le visage.

— Tu as dit que tu n'avais jamais vraiment eu de vraies vacances. Viens avec moi. Viens voir New York. Tu vas adorer cette ville en hiver !

Anissa était bouche bée.

— Mais… mon travail, bégaya-t-elle. J'ai des leçons réservées, des chalets à nettoyer !

Il se rapprocha d'elle.

— Quelqu'un doit bien pouvoir te remplacer, non ? Même si tu ne peux venir que pour quelques jours, ce sera génial ! Mais viens. Je dois assister à un bal de Noël et j'aimerais que tu sois ma cavalière. Je t'ai déjà appelée Princesse des glaces, deviens ma Cendrillon ! C'est le bal de Noël le plus spectaculaire de New York. Tu en auras le souffle coupé, je te le promets.

Le regard d'Anissa s'était encore agrandi. Léo pouvait presque voir son cerveau soupeser l'invitation. Cela fit naître en lui un espoir fou qui le prit par surprise.

— Allez, Anissa, vis un peu, murmura-t-il à son oreille.

Ses yeux bleu pâle rencontrèrent les siens. Il y vit une petite étincelle.

— D'accord, murmura-t-elle, au moment où il se penchait pour l'embrasser.

5.

— Tu y vas ! Tu y vas vraiment ! s'enthousiasma Chloé pour la centième fois.

Anissa essaya de calmer la panique qui montait en elle. Elle avait dit oui à Léo sur un coup de tête, dans un état de fragilité émotionnelle.

— J'ai été folle d'accepter.

— Non, tu aurais été folle de refuser ! s'exclama Amy. On s'est arrangées pour les chalets. Et Regan revient à la station, il va te remplacer pour tes cours. Il te doit bien ça, tu l'as remplacé au pied levé quand son père est tombé malade et qu'il a dû partir ! C'est réglé.

Chloé griffonna quelque chose sur un bout de papier.

— Tiens, les coordonnées de ma cousine, Julie. Elle est dans une école de mode à New York. Si tu as besoin de quoi que ce soit, appelle-la.

Amy avait déjà sorti la valise de l'armoire. Elle chantait « New York, New York » et dansait dans le salon. Incroyable, elle allait à New York.

Avec Léo.

Son esprit était saturé. Ses affaires, la famille, plus le soulagement de quitter Mont-Cœur, au moins pour quelques jours.

La voiture qu'il avait envoyée chercher Anissa s'arrêta sur le tarmac, au pied de la passerelle du jet privé de Léo. Elle en sortit, regarda autour d'elle et fronça les sourcils.

Elle portait un long manteau de laine bleu vif, un chapeau noir et des gants de cuir. Ses cheveux blonds encadraient son visage et la couleur du manteau faisait paraître plus intenses que jamais ses yeux bleu pâle. Elle s'était légèrement maquillée. Léo avait toujours pensé qu'Anissa était naturellement jolie, mais aujourd'hui, elle était éblouissante.

— Si je comprends bien, nous ne sommes pas à l'aéroport et tu possèdes ton propre avion, dit-elle, visiblement impressionnée.

— Oui, c'est plus simple.

Il la conduisit à l'intérieur, où ses bagages furent apportés peu après. La partie principale de l'avion était équipée de grands fauteuils en cuir crème et de tables en bois. Anissa regardait autour d'elle comme si elle attendait qu'on lui dise où s'asseoir.

— Il n'y a que toi et moi dans l'avion, tu peux t'installer où tu veux. Il y a le wi-fi si tu en as besoin. Si tu préfères dormir, il y a une chambre à l'arrière.

— Une chambre ? Léo, à quel point es-tu riche, exactement ?

Il se contenta de sourire et lui proposa un verre et quelque chose à grignoter. Elle refusa. Elle choisit un fauteuil. Il s'installa à côté d'elle. Elle semblait un peu nerveuse. Il lui expliqua les commandes du siège et celles pour l'écran et les différents programmes de divertissement. Elle le remercia et tourna la tête vers le hublot : l'appareil s'apprêtait à décoller.

Léo sortit son ordinateur. Il avait plusieurs dossiers à traiter pendant le vol.

Anissa s'endormit très peu de temps après le décollage. Elle se réveilla quelques heures plus tard, lorsque le steward vint leur demander ce qu'ils souhaitaient pour le dîner. Après avoir choisi, Anissa alla se rafraîchir à l'arrière de l'appareil.

Il lui avait proposé sur un coup de tête de venir avec lui. Il avait été bouleversé par son chagrin et avait senti un lien très fort entre eux à cet instant. Était-ce parce qu'il avait toujours eu le sentiment de ne pas être à la hauteur ?

Ses parents adoptifs ne s'étaient jamais vraiment intéressés à lui. Il semblait que la réalité d'être devenus parents leur avait paru beaucoup moins excitante que *l'idée* de le devenir. Ils ne s'étaient jamais intéressés à ses résultats scolaires, n'assistaient jamais aux réunions pédagogiques, aux sorties, aux spectacles ou aux événements sportifs. Et plus il avait travaillé dur, plus ils l'avaient ignoré.

En grandissant, il s'était rendu compte que leur ressentiment était profond. Ils lui parlaient souvent des opportunités qui leur avaient échappé parce qu'ils avaient un enfant. Et ils n'oubliaient jamais d'ajouter que ses parents biologiques n'avaient pas voulu de lui – ce qu'il savait désormais être faux. C'était comme s'il devait leur être éternellement reconnaissant de s'être sacrifiés pour lui en l'adoptant.

Il ne lui avait pas fallu longtemps pour réaliser à quel point cette relation était destructrice : la vie universitaire lui avait ouvert les portes d'un nouveau monde. Il avait occupé trois emplois à la fois pour pouvoir s'inscrire au New York College, subvenir à ses besoins et étudier le commerce. Il n'avait jamais manqué un devoir et avait été le meilleur de sa classe pendant toutes ses études.

Plus important encore, il s'était fait des amis, dont les familles l'avaient accueilli à bras ouverts. Il avait ainsi observé les relations entre des parents et leurs enfants, et cela ne ressemblait en rien à ce qu'il avait vécu avec les siens. Il avait pris conscience de tout ce qu'il lui manquait, sans toutefois réussir à se débarrasser du sentiment de ne pas être à la hauteur.

Lorsqu'il avait reconnu ce même sentiment chez Anissa, il avait décidé de faire tout ce qu'il pouvait pour l'aider. Il l'avait observée skier, il savait qu'elle avait du talent. Mais son rêve était-il encore réalisable ? Il avait des doutes, dont il ne pouvait lui faire part. Elle n'avait vécu jusqu'ici que pour sa carrière sportive, dans une bulle, focalisée sur la compétition. Que connaissait-elle du monde ?

Il l'avait invitée à New York pour des raisons en partie égoïstes : il ne voulait pas vraiment se séparer d'elle, et il savait qu'elle serait une cavalière parfaite pour le bal. Mais que pouvait-il faire pour elle en retour ?

Elle était revenue pendant qu'il était perdu dans ses pensées, et leur dîner était en train d'être servi. Il se tourna vers elle.

— Tu m'as dit que tu n'avais jamais vraiment passé de vraies vacances. Y a-t-il quelque chose que tu aimerais faire ou voir à New York ?

— À part passer du temps avec toi, je vais essayer de rencontrer la cousine de mon amie Chloé. Elle s'appelle Julie. Comme tu m'as dit que tu serais occupé et que tu avais des affaires à traiter, j'imagine que j'aurai un peu de temps libre. En plus, elle sera ma roue de secours si jamais tu me plantes à peine arrivés.

— J'ai du travail. Les affaires sont les affaires. Mais tu es mon invitée. New York est incroyable à cette époque de l'année. Il y a un million de choses que nous pourrons faire.

— Comme quoi ? demanda-t-elle d'un air intrigué.

Léo se creusa la tête. Il avait peut-être parlé trop vite… Il habitait New York depuis des années, mais n'avait jamais vraiment fait de tourisme. Il était probablement la pire personne au monde pour faire visiter New York à quelqu'un. Pourtant, il y avait tellement de choses à voir et à faire dans cette ville qu'il pouvait improviser :

— Nous pourrons nous promener dans Central Park. Visiter les musées. Faire du patin à glace. Faire du shopping. Voir l'Empire State Building et le Rockefeller Center. Times Square. La statue de la Liberté.

— Tout cela en quelques jours ?

Anissa avait l'air un peu incrédule. Léo n'avait pas précisé combien de temps ils resteraient à New York, parce qu'il ne savait pas combien de temps il lui faudrait pour conclure l'affaire qui l'avait obligé à revenir ici.

— N'oublie pas le bal de charité, ajouta-t-il. Tu vas adorer !

Il lui sembla que cette simple remarque l'avait affolée.

— Oui, le bal. Je vais devoir trouver une robe. J'ai oublié d'en prendre une.

— Ne t'inquiète pas pour ça. Keisa saura exactement où t'envoyer.

Elle ne répondit pas et Léo se demanda s'il avait gaffé. Ils terminèrent leur repas en silence. Léo se dit que ce serait peut-être un peu plus difficile que prévu…

Quand le pilote annonça qu'il fallait se préparer pour l'atterrissage, Anissa regarda par le hublot les lumières de New York en dessous d'eux. Il avait toujours aimé ce moment. Le sentiment de rentrer à la maison.

Mais cette fois-ci, c'était différent. Il était perturbé par une question inattendue. Où était sa maison, exactement… ?

D'abord, le luxueux jet privé ; puis la mention du bal ; puis l'aveu de Léo qu'il allait se débarrasser d'elle et la confier aux soins de son assistante. Accepter cette invitation à New York avait été une mauvaise idée. Une *très* mauvaise idée.

Pourtant, lorsque la ville était apparue sous les nuages, féerique ainsi saupoudrée de neige, Anissa avait ressenti une petite montée d'adrénaline. Même si tout le reste s'avérait désastreux, elle disposerait au moins de quelques jours pour faire la touriste. Cela pourrait même être amusant.

Une limousine les attendait au pied de l'avion. Une fois les bagages chargés, ils s'installèrent à l'arrière et le chauffeur prit la direction de Manhattan.

— Oh non ! s'exclama soudain Léo, qui grimaça. J'ai vraiment tout faux !

L'angoisse s'empara d'Anissa. Avait-il changé d'avis ? Regrettait-il sa présence ?

— J'ai oublié de te réserver un hôtel. Je suis désolé, je suis tellement habitué à être seul, j'étais tellement occupé à penser à ce contrat que je dois boucler…

Il soupira.

— Et je crois que mon inconscient devait me souffler que tu dormirais dans mon appartement.

Anissa fronça les sourcils. Ils avaient passé une folle nuit de passion sexuelle dans les bras l'un de l'autre et Léo était *gêné* de ne pas lui avoir réservé une chambre d'hôtel !

— Nous avons tout fait à l'envers, dit-elle doucement, plus amusée qu'embarrassée par la situation.

— Je peux te réserver un hôtel, dit-il. Je ne veux pas que tu te sentes mal à l'aise.

— Je ne veux pas que *tu* te sentes mal à l'aise, répondit-elle du tac au tac. De mon côté, tout va bien, je t'assure !

En fait, elle non plus n'avait pas pensé à tout cela. La situation était simple, évidente, et maintenant que Léo en parlait, le malaise s'installait, tout devenait compliqué, guindé.

— Écoute, reprit-il, je t'ai demandé de venir avec moi à New York parce que j'en avais envie. Mais je ne veux pas que tu te sentes obligée de quoi que ce soit. C'est censé être du plaisir. Mon penthouse est grand, j'ai trois chambres. Mais je ne veux pas que tu penses que c'est une sorte de… piège. Si tu préfères un hôtel, je réserve tout de suite, conclut-il en sortant son téléphone de sa poche.

Anissa capta son regard.

— Merci d'avoir été si honnête. Je n'ai pas l'habitude de voyager seule. Je me sentirai probablement plus en sécurité chez toi. Mais je dois te prévenir, ajouta-t-elle, malicieuse, que j'aime traîner en pyjama et grosses chaussettes ! « Glamour » est mon deuxième prénom.

Léo sourit.

— Tu es sûre ?

Elle hocha la tête.

— Je suis sûre.

Il soupira, l'air soulagé. Anissa l'était aussi. Par la vitre, elle voyait défiler les rues et les avenues, les néons, les passants, les vitrines. New York. Chez Léo. Si on lui avait dit cela une semaine auparavant…

Quand les portes de l'ascenseur privé s'ouvrirent, Anissa retint une exclamation. C'était comme dans un film. Le penthouse était entièrement vitré, du sol au plafond, offrant une vue incroyable sur la ville scintillante.

Le sol était de couleur ardoise, et l'ameublement crème. Tout était propre, net, en ordre, impersonnel, on aurait dit que personne n'habitait vraiment ici. C'était magnifique, certes, mais Anissa était frappée par le fait que rien dans cet endroit ne rappelait Léo.

La cuisine ouverte donnait sur le salon et ses élégants canapés en cuir. Une grande table et des chaises formaient un coin salle à manger.

Elle s'avança et passa les doigts sur la table.

— Tous les matins, tu prends ton petit déjeuner avec cette vue ? Quelle chance !

— C'est vrai. Je devrais d'ailleurs prendre plus de temps pour l'apprécier.

Il gagna la cuisine ultramoderne et sortit deux verres d'un placard blanc.

— Un verre de vin ? Qu'est-ce que tu préfères, le blanc ou le rouge ?

— Le rosé ! Tu en as ?

Léo eut l'air amusé.

— Du rosé… Voyons voir, laisse-moi une seconde…

Il appuya sur un bouton et tout un pan d'armoire murale coulissa pour révéler une cave à vin. Anissa n'en croyait pas ses yeux. Léo sélectionna une bouteille et l'ouvrit. Puis il en versa dans les verres.

— Moi qui me demandais comment vivent les riches…, dit Anissa en riant. Bon, apprends-moi à connaître New York.

Il fit un signe de tête en direction d'un immeuble qu'elle avait vu dans nombre de films.

— C'est l'Empire State Building. Là-bas, poursuivit-il avec un geste de la main, c'est le Rockefeller Center. Il y a un arbre de Noël géant au pied et une patinoire. Il y a aussi une boulangerie vraiment cool de l'autre côté de ma rue.

Anissa sourit en prenant une gorgée de vin.

— Quoi ? demanda Léo.

— J'aime ton sens de l'humour.

— Oh ! chouette ! Un peu plus bas, c'est Times Square. Et si tu aimes le shopping, c'est sur la Cinquième Avenue.

Elle tiqua.

— Je ne suis pas sûre d'aller faire du shopping sur la Cinquième Avenue. Du lèche-vitrines, peut-être…

Léo ouvrit la bouche comme s'il allait dire autre chose, puis sembla se raviser. Heureusement. La dernière chose qu'elle voulait, c'était qu'il lui propose de payer pour elle. Elle avait quelques économies, mais s'efforçait toujours de maîtriser ses dépenses. Et faire ses courses sur la Cinquième Avenue était bien au-dessus de ses moyens.

— Et Central Park ? demanda-t-elle. J'imagine que ce doit être magnifique, à cette époque de l'année.

— Oui, nous pourrons y aller. Mais attention, c'est beaucoup plus grand que ce que pensent la plupart des gens. Et il fera froid. *Très* froid.

— Aussi froid qu'à Mont-Cœur ?

Léo approuva de la tête.

— Le problème, à New York, c'est qu'à chaque fois qu'il neige la moitié de la ville s'arrête. Les vols sont bloqués à l'aéroport et certains des transports publics ne fonctionnent plus.

Anissa regardait la ville enneigée.

— Pourtant, la neige n'est pas une surprise, ici.

— C'est vrai. Néanmoins, une forte chute de neige entraîne immanquablement des problèmes.

Anissa se leva et se planta devant les baies vitrées.

— J'aime New York en hiver. C'est joli.

Léo vint la rejoindre, son verre de vin à la main.

— Moi aussi. Je suppose que ça fait trop longtemps que j'ai cessé de le remarquer.

Tout à coup, Anissa devint très consciente de la présence de Léo, dont elle voyait le reflet dans la vitre teintée. Consciente de la chaleur qui émanait de lui. À Mont-Cœur, elle le trouvait superbe. Ici, maintenant qu'il était de retour sur son terrain, elle percevait quelque chose en plus. De l'assurance, de la confiance. Qu'est-ce qui avait entravé la confiance de Léo, à Mont-Cœur ? se demanda-t-elle. S'agissait-il des soucis familiaux qu'il avait évoqués ? Elle pressentait désormais qu'il en avait minimisé l'importance.

Elle se focalisa de nouveau sur la vue. Cet appartement était magnifique. Cependant, il y avait si peu de lui, ici ! Quand elle imaginait un chez-soi, elle voyait aussitôt la maison de ses parents, en Autriche. Située sur une colline, avec de vieux trophées sur les étagères, un canapé confortable, des fauteuils dépareillés, des photos de famille, c'était un endroit vraiment chaleureux.

Elle revint au réel lorsque Léo se tourna vers elle et leva son verre de vin.

— Et si on portait un toast ? À New York et aux nouveaux départs.

Elle leva un sourcil. Un nouveau départ pour elle ou un nouveau départ pour lui ? Toutefois, elle leva son verre et le fit tinter contre celui de Léo.

— Aux nouveaux départs.

Elle regarda la ville. Son cœur battait un peu plus vite.

New York.

Tout un monde de nouvelles possibilités…

Quand Anissa se leva le lendemain matin, c'était la première fois depuis longtemps que sa jambe ne lui faisait pas mal. Elle était tellement habituée à cette douleur que, aussi étrange que cela puisse paraître, elle lui manquait presque. Elle avait automatiquement tendu le bras vers la table de nuit, sur laquelle elle avait déposé avant de se coucher les analgésiques qu'elle prenait toujours au réveil, puis avait arrêté son mouvement. Elle n'en avait pas besoin.

Peut-être était-ce grâce au lit, extrêmement confortable ? Elle aurait aimé le croire ; or elle n'était pas stupide. En moyenne, elle passait six heures par jour sur les pistes.

Hier, c'était la première fois qu'elle ne skiait pas depuis la fin de sa rééducation.

Elle se doucha, enfila un jean et un pull bleu tout simple puis se dirigea vers la cuisine. Elle s'attendait à y trouver une note de Léo lui expliquant qu'il était au bureau et à quelle heure il rentrerait. Au lieu de cela, il était assis à la table et terminait un appel téléphonique.

— Tu m'avais promis un pyjama et des grosses chaussettes !

— Je les garde pour plus tard. Après une dure journée de tourisme, quoi de mieux que se remettre de ses émotions dans un pyjama bien confortable.

Elle se posta devant la vue. À couper le souffle ! La ville était aussi belle de jour que de nuit. En bas, les gens ressemblaient à des fourmis prises dans une folle sarabande.

Elle se retourna et s'appuya dos à la vitre.

— Je pensais que tu avais une affaire urgente à régler. N'est-ce pas pour cela que tu es revenu ?

— Si. Je viens de parler à Joe. Il est assez vieux jeu : il veut qu'on dîne ensemble pour en parler. Ce qui signifie que nous avons la journée libre pour nous balader.

— Alors, où allons-nous ?

— Tes désirs sont des ordres !

Le premier endroit où Léo emmena Anissa était un restaurant typiquement américain près de Central Park, son préféré pour les petits déjeuners. Il ne payait pas de mine vu de l'extérieur, mais une grande pile de pancakes plus tard, Anissa semblait conquise.

Elle portait à nouveau ce long manteau bleu qui faisait ressortir la couleur de ses yeux, dans lesquels il essayait de ne pas se noyer tandis qu'il dégustait ses œufs au bacon.

Ensuite, ils se rendirent à Central Park. Ils traversèrent le Bow Bridge, admirèrent la fontaine Bethesda puis gagnèrent le Belvedere Castle.

— Je ne savais pas qu'il y avait un château dans Central

Park ! s'émerveilla Anissa. Je me demande si une vraie princesse a vécu ici.

Léo la fixa, amusé.

— Je ne suis pas sûr que quiconque, de sang royal ou pas, ait jamais habité ici.

— J'ai envie d'imaginer le contraire, c'est plus romantique ! Surtout avec toute cette neige.

New York réveillait quelque chose en elle ; ou peut-être que c'était Léo… À moins que ce ne soit simplement le fait d'être éloignée de ce qui avait pris toute la place dans son existence presque depuis sa naissance. Son épaule frôlait celle de Léo tandis qu'ils contemplaient le parc depuis les remparts du château.

— N'es-tu pas fatiguée de voir de la neige tout le temps ? Ne rêves-tu jamais d'une plage ensoleillée et du clapotis de l'océan ?

Ce n'était pas la question la plus étrange du monde, mais elle la prit un peu au dépourvu.

— Je n'ai jamais passé de vacances à la plage, murmura-t-elle, se demandant ce que ce serait de courir en bikini toute la journée. J'imagine qu'il faut penser tout le temps à rentrer le ventre, et qu'on ne cesse de se dire qu'on a oublié de mettre de la crème solaire quelque part.

Léo rit de bon cœur.

— Je t'assure que tu n'as pas à te soucier de ton ventre.

Il la dévisagea, l'air soudain sérieux.

— Quel âge as-tu, Anissa ?

— Vingt-huit ans. Mais on ne demande jamais son âge à une femme, espèce de mufle ! ajouta-t-elle avec une grimace.

— Tu n'as jamais vraiment pris de vraies vacances, n'est-ce pas ?

Une foule de souvenirs envahit son cerveau. Alain, son ex et entraîneur, avait toujours fait passer le ski au premier plan. Il était obnubilé par les contrats de sponsoring qu'il pouvait décrocher. Chaque fois qu'ils étaient partis, c'était pour le travail, jamais pour se détendre ou prendre du bon temps ensemble. L'idée qu'il avait de l'amour était de la pousser à être la meilleure skieuse possible. À l'époque, Anissa n'y trouvait rien à redire. Mais là, dans Central Park, avec Léo, elle n'en était plus si sûre…

— Anissa ? Qu'est-ce qui ne va pas ?

Les bras de Léo glissèrent autour de son corps, derrière elle, l'enserrant en un geste protecteur.

— Tu trembles.

Elle ne pouvait pas s'en empêcher.

— Je me souviens juste de certaines choses, commença-t-elle d'une voix hésitante. Je pense au nombre d'endroits où je suis allée, mais que je n'ai pas vraiment vus.

Elle se retourna dans ses bras pour lui faire face. Elle se sentait plus en sécurité, ainsi.

— Je me demande tout simplement ce que j'ai loupé.

Elle ne pouvait pas regarder Léo en face. Elle ne voulait pas de pitié. Elle se sentait idiote d'avoir attendu si longtemps pour se rendre compte de ce qu'elle avait fait de sa vie.

D'un geste instinctif, elle se toucha la jambe. Ce n'était pas douloureux. Elle y avait pensé le matin même. La dernière fois qu'elle avait parlé de ski à Léo, elle lui avait dit qu'elle avait besoin de skier tous les jours. Mais maintenant qu'elle avait la possibilité de réfléchir à autre chose qu'au ski, elle se demandait comment elle avait pu s'enfermer ainsi.

Des larmes jaillirent de ses paupières. Elle avait une boule dans la gorge. Léo l'attira contre son torse.

— Je suis censé te rendre heureuse, murmura-t-il, pas triste.

Sans réfléchir, elle étreignit Léo. Cela lui fit du bien. Malgré la température glaciale, elle se sentait au chaud.

— Ce n'est pas ta faute, Léo.

— Qu'est-ce que c'est, alors ?

Elle secoua la tête.

— Je ne peux pas l'expliquer. Mais j'ai l'impression de me réveiller. J'ai vingt-huit ans et je viens de me réveiller, conclut-elle avec un rire ironique.

Elle était gênée par ce qu'elle ressentait. Embarrassée par les émotions qui la traversaient.

Léo posa un doigt sous son menton et lui releva le visage.

— En parlant de se réveiller, pourquoi ne pas aller ailleurs ? Qu'en penses-tu ?

Elle prit une grande inspiration.

— Excellente idée. Et je sais exactement où je veux aller !

Cinq minutes plus tard, chacun un café en main acheté à un vendeur ambulant, Anissa avait conduit Léo, en se guidant grâce à son téléphone, à une sortie qui donnait sur le côté ouest du parc, juste en face de…

— Le Muséum d'histoire naturelle ! s'exclama Léo en riant. C'est là que tu m'emmènes ?

Elle acquiesça, excitée comme une puce… ou comme un enfant, songea-t-elle.

— Je suis à New York depuis des années et je n'y ai jamais mis les pieds. Allez, on y va !

Léo avait ressenti un soupçon de panique quand il avait vu à quel point Anissa était bouleversée. Son instinct lui avait commandé de ne pas se montrer indiscret, de ne pas trop appuyer sur la blessure. Juste de prendre du recul et d'être son ami. Or penser à Anissa comme à une simple *amie* relevait de l'exploit.

La veille, il avait longtemps fixé la porte de la chambre fermée derrière laquelle dormait la belle Autrichienne, s'interrogeant sur elle ; et sur lui-même… Partager son espace vital, cette sorte d'intimité, était nouveau pour lui. Personne d'autre que lui n'avait dormi dans cet appartement. La présence d'Anissa changeait quelque chose, apportait une énergie, une vibration, mais cela restait indéfinissable.

Leur rencontre avait été un coup de chance, une pure coïncidence, avec un ensemble de circonstances qu'ils n'auraient jamais pu prévoir. La mort de ses parents, sa présence à Mont-Cœur, la lecture du testament, son choix de marcher pour gagner son chalet, le bruit du moteur, Anissa qui chutait juste au moment où il passait…

Puis il y avait eu l'étincelle. Aucun d'eux ne pouvait la nier.

Ils n'auraient jamais dû se rencontrer, et pourtant ils s'étaient rencontrés. Et cela lui semblait étrangement… *juste*.

— Léo, j'ai les billets ! lui lança Anissa depuis le guichet d'entrée en les agitant en l'air.

Elle paraissait si heureuse, radieuse.

— Très bien, mademoiselle Lang, amusons-nous !

Anissa n'avait jamais autant ri. Ils avaient passé du temps parmi les squelettes et reproductions de dinosaures, s'émerveillant de leur taille et de leur puissance. Anissa les avait photographiés tous deux au pied de l'énorme titanosaure.

— J'ai toujours voulu visiter un endroit comme celui-ci, murmura-t-il alors qu'ils se dirigeaient vers une autre aile du muséum.

— Tu n'es pas allé au musée avec ton père et ta mère ?

— Jamais, répondit-il tristement.

Mais cette mélancolie le quitta dès qu'ils découvrirent l'exposition sur les merveilles de l'océan. Ils furent estomaqués par l'impressionnante baleine bleue géante suspendue au plafond entre deux étages.

— Sais-tu qu'il est possible de passer la nuit ici ?

— Quoi ? s'exclama-t-elle, excitée. C'est pas vrai !

— Si. Devine comment ça s'appelle.

— Je ne sais pas.

— Une nuit au musée.

Elle laissa échapper un éclat de rire.

— C'est d'après le film ? J'adore l'idée !

— Un de mes amis a deux enfants. Ils ont pu faire le tour des expositions de dinosaures au milieu de la nuit avec des lampes de poche. Il m'a dit qu'il avait passé l'une des meilleures nuits de sa vie.

Anissa sautilla sur place en battant des mains.

— Je veux le faire ! Je veux le faire !

Il secoua la tête en souriant.

— Je crois qu'il faut avoir entre six et treize ans.

Il se pencha en avant et murmura, les lèvres frôlant son oreille :

— Je pense qu'il est un peu tard…

Elle fronça les sourcils et s'écarta de lui, relevant ses cheveux en couettes avec un sourire effronté.

— Pour toi, c'est sûr. Mais moi, on peut me donner treize ans si je veux.

— Tu es bien optimiste ! rétorqua Léo en riant. On peut toujours voler des enfants si on veut le faire.

Une mère passa devant eux avec un enfant qui hurlait dans sa poussette.

— D'accord, mais pas celui-là !

Elle glissa la main dans la sienne.

— Tu sais, j'ai fait ce genre de choses avec mes parents, mais pas assez. J'étais tellement passionnée par le ski. C'était tout ce qui m'intéressait. D'une certaine façon, j'ai eu de la chance parce qu'ils me soutenaient, mais maintenant… Pour la première fois, je me demande si parfois ils n'auraient pas dû me dire non.

— Comment te serais-tu sentie s'ils l'avaient fait ?

Ses yeux bleus brillaient, presque comme s'il connaissait déjà la réponse.

— J'étais une vraie petite princesse, qui ne supportait pas qu'on lui refuse quoi que ce soit, donc je te laisse imaginer.

— Je ne suis pas étonné, va savoir pourquoi…

Elle rit. Ils poursuivirent leur déambulation dans les salles de l'homme et de la culture avant de se rendre au planétarium. Là, dans l'obscurité, Anissa s'allongea sur un des sièges inclinables et laissa son regard se perdre dans l'univers sombre qui se trouvait tout autour d'elle, parsemé d'étoiles. Léo s'installa sur le siège voisin. Une musique douce jouait autour d'eux pendant le spectacle de la naissance du système solaire.

— J'adore…, soupira-t-elle.

— C'est assez étonnant, en effet.

Elle tourna la tête. Il regardait au-dessus de lui ; ses cheveux légèrement ébouriffés léchaient le col de sa chemise. La plupart des hommes avaient les cheveux courts, mais elle les préférait plus longs. Cela allait bien à Léo. Elle dut lutter contre l'envie d'y passer la main.

Elle enchevêtra les doigts aux siens. S'il fut surpris, il ne le montra pas.

— Merci de m'avoir amenée ici, Léo, murmura-t-elle.

Il tourna la tête dans l'obscurité et lui sourit, juste au moment où les planètes du système solaire apparaissaient derrière lui.

— C'est *toi* qui m'as amené, lui rappela-t-il d'un ton taquin.

C'était étrange… Elle avait vu beaucoup de choses merveilleuses aujourd'hui, pris une centaine de photos, mais l'image qui allait lui rester, ce serait Léo allongé sur ce siège, lui souriant, avec les planètes derrière lui.

— J'aurais aimé faire ça, enfant, chuchota-t-il.

Anissa se demanda quel genre de parents avaient été ceux de Léo. Elle en avait mal pour lui.

— Toutes les familles n'ont pas le temps, dit-elle pour essayer d'atténuer sa peine.

— Même s'ils avaient eu le temps, ils ne m'auraient pas amené ici. Mais cela n'a plus d'importance, maintenant. Parce que je suis là avec la bonne personne.

À ces mots, elle frémit. C'était fou. Ils avaient tout fait à l'envers. La première nuit, elle s'était complètement abandonnée à la passion de leurs corps mêlés, prenant un plaisir qu'elle n'avait jamais ressenti, essayant d'en donner sans tabous, sans pudeur, à tel point qu'elle ne s'était pas reconnue. Elle avait pensé que, inconsciemment, elle avait évacué les regrets de toute une vie.

Mais c'était plus que cela. Quelque chose venait de se produire.

Elle aurait voulu le faire parler de ses parents, de son frère et de sa sœur qu'il venait de rencontrer, mais ce n'était pas le moment. Pas quand il venait de lui dire qu'il était content d'être là avec elle.

— Je me demande s'il y a quelque chose, tout au fond de l'univers, murmura-t-elle avec un geste en direction du spectacle qui continuait autour d'eux.

— Qui sait ?

— C'est la question à un million de dollars, n'est-ce pas ? Nous avons toute cette beauté sur Terre et nous en avons gâché une bonne partie.

Les doigts de Léo lui caressaient toujours la paume en un geste apaisant.

— Tu as raison. Mais pour l'instant, restons allongés, admirons les étoiles et essayons d'imaginer un endroit où tout est parfait.

Ses paroles étaient comme une couverture chaude qui l'enveloppait. Il y avait une centaine de choses susceptibles de la faire stresser : l'entraînement, le travail, les finances, et la question de savoir si elle aurait un jour une chance de reprendre le fil de sa carrière. Parfois, elle s'en faisait des nœuds au cerveau.

Aujourd'hui était le premier jour de vacances de sa vie adulte. Et elle en avait adoré chaque minute. Du moins jusqu'à ce qu'elle réalise ce qu'avait été sa vie d'avant. C'était comme si un brouillard s'était levé devant ses yeux et qu'elle avait enfin une vision claire. Et la personne qu'elle voyait clairement en ce moment était Léo Baxter.

Elle sourit. Au-dessus d'elle, les planètes s'alignaient avec les étoiles, envoyant de belles traînées dans le ciel numérique. C'était presque comme un message. Un message auquel elle allait devoir réfléchir.

Et elle savait avec qui elle voulait le faire.

6.

Léo avait adoré cette visite au Muséum d'histoire naturelle avec Anissa. Elle y avait pris plaisir. Il avait vu de l'excitation dans ses yeux. Elle trouvait de la joie dans les plus petites choses, avait un million d'idées, d'opinions et de questions auxquelles il n'avait jamais vraiment pensé auparavant.

En résumé, il aimait passer du temps avec Anissa Lang.

À Mont-Cœur, elle était enveloppée d'un halo de tristesse. Il savait que c'était probablement dû au brutal changement survenu dans son existence et à l'angoisse du futur. Et plus elle passait de temps à New York, plus il la voyait se débarrasser progressivement de ses soucis. Et cela lui plaisait. Beaucoup. Parce que cette femme lui faisait de l'effet.

Le matin même, il avait envoyé un message à Noémi. Il lui avait fallu près d'une heure pour en choisir les mots – ridicule…

> Salut, j'ai dû retourner à New York pour une affaire urgente, mais je vous contacterai bientôt. Je ne ferai rien qui puisse mettre en danger Cattaneod Jewels.

Il avait voulu être rassurant. Noémi avait répondu aussitôt, en disant qu'elle espérait que tout allait bien.

Il s'était senti un peu mal de ne pas leur avoir parlé avant son départ. À sa décharge, il n'était pas habitué aux histoires de famille, pas plus qu'il n'avait l'habitude de rester en contact avec les gens. Voir Anissa envoyer fréquemment des SMS à ses parents l'avait culpabilisé. Il avait vraiment besoin de faire le point avec lui-même à ce sujet.

Mais ce n'était pas le moment : il était avec Anissa sur la Cinquième Avenue.

Elle s'arrêta devant un magasin, puis un autre. Il pouvait deviner quand quelque chose attirait son attention.

— Tu veux entrer ?

Elle secoua la tête.

— Pas question. Je fais du lèche-vitrines, un point c'est tout.

Léo essaya une stratégie de contournement :

— Je vais t'emmener au bal de Noël. C'est un événement très mondain. Tu auras besoin d'une robe de soirée. Et bien sûr, c'est moi qui invite. Donc si tu vois quelque chose qui te plaît et que tu veux essayer, vas-y.

Elle hésita une seconde, apparemment elle cherchait ses mots.

— Léo, je suis vraiment honorée que tu désires m'emmener à ce bal, et… je ne voudrais pas te mettre dans l'embarras, mais je ne suis pas sûre de me sentir à l'aise à l'idée que tu m'achètes quelque chose qui…

Elle s'interrompit et tendit la main vers le magasin derrière elle.

— … Qui va probablement coûter plus que ce que je gagne en six mois.

La réaction d'Anissa ne le surprenait pas. C'était tout à son honneur. Cependant, il insista :

— Je *veux* que tu achètes quelque chose. Quelque chose qui te plaira.

Elle pinça les lèvres.

— Laisse-moi réfléchir.

Il y consentit d'un bref mouvement de la tête. Il devait respecter sa volonté, même si cela lui coûtait.

— Très bien. Mais réfléchis vite, le bal est dans trois jours.

— Marre de la Cinquième Avenue, décréta-t-elle. Amusons-nous un peu.

— Quel genre d'amusement ?

Elle sortit un papier de sa poche.

— J'ai fait une liste hier soir.

Il s'approcha d'elle et essaya de lire par-dessus son épaule.

— Une liste ? !

Elle la fit disparaître en riant pour qu'il ne puisse pas la voir.

— Oui, j'ai écrit toutes les choses que je pourrais faire à New York.

Elle sortit son téléphone et en fixa l'écran pendant qu'il lui vibrait dans la main. Une expression étrange s'afficha sur son visage.

— Qui est-ce ? demanda Léo.

— Quelqu'un avec qui j'avais l'habitude de travailler. Autrefois.

— Ton entraîneur ? Ton ex ?

Il n'avait pas pu se retenir, poussé par un inexplicable élan de jalousie. Anissa avait l'air perplexe.

— Non. C'est quelqu'un de la Fédération internationale de ski. Je n'ai aucune idée de la raison pour laquelle il veut me parler.

— Tu ne réponds pas ?

— Non. Pas maintenant. Pas ici. Ici, il n'est question que de nous. De nous à New York.

Il aurait voulu poser plus de questions, mais il était clair qu'elle faisait de son mieux pour mettre Mont-Cœur derrière elle.

— Très bien, alors, quelle est la prochaine étape sur la liste ?

— Voir la vue soit depuis l'Empire State Building, soit depuis le Rockefeller Center, selon ce que tu penses être le plus impressionnant.

Léo grimaça.

— Bien, on dirait que c'est le moment pour moi de rentrer sous terre…

— Pourquoi ? Non ? Non ! s'écria Anissa. Ne me

dis pas que tu n'es allé au sommet d'aucun de ces deux gratte-ciel ? !

— J'ai des circonstances atténuantes, madame la juge. Mon avocat pourra tout vous expliquer, dit-il en riant.

— Eh bien, disons que nous allons vivre ensemble une grande première. Tu as une préférence ?

Léo était surpris. Et un peu impressionné.

— C'est une belle façon de voir les choses. En fait, il y a bien quelque chose d'autre qui serait une première et qu'on pourrait faire ensemble. Et cela me permet de décider plus facilement pour la vue. Tu me suis ?

Il lui tendit la main.

— Absolument, monsieur Baxter !

Le sapin était magnifique. Anissa avoua à Léo qu'elle n'en avait jamais vu de tel auparavant. Il mesurait environ vingt mètres de haut et se dressait sur l'esplanade du Rockefeller Center, dominant la patinoire.

Il s'appuya contre la barrière à côté d'elle.

— Si nous restions ici une semaine de plus, nous pourrions voir l'arbre de Noël s'illuminer. C'est même retransmis en direct à la télévision, maintenant.

— Oh ! ce serait génial ! Mais nous serons de retour à Mont-Cœur d'ici là, n'est-ce pas ?

Sa voix avait un ton presque nostalgique. Ne voulait-elle pas retourner chez elle ? Entendre prononcer le nom de la station suisse installa une sorte de manteau sombre autour de ses épaules. Tant d'incertitudes. Tant de choses à régler. Il n'était pas sûr d'être prêt pour tout ça.

— Probablement, dit-il enfin.

En dessous d'eux, les gens patinaient ; certains craintifs, accrochés à la barrière, d'autres de manière hésitante, chancelante, et quelques-uns avec aisance, les mains dans le dos, vers l'avant comme en arrière.

— Tu veux aller patiner ? demanda-t-il soudain à Anissa.

Elle montra du doigt une fille qui tournoyait gracieusement au milieu de la patinoire.

— Juste pour information, je ne ressemblerai pas à elle, ni de près ni de loin.

Léo désigna un homme qui essayait de se remettre sur ses pieds au bord de la patinoire et qui échouait lamentablement depuis de longues secondes.

— Tu ressembleras plutôt à celui-là ?

Elle rit.

— Je n'espère pas ! On monte d'abord voir la vue ?

— D'accord !

Ils eurent de la chance et purent prendre un billet sans avoir à attendre – Top of the Rock, l'observatoire situé au sommet du Rockefeller Center, était une attraction touristique très prisée. Au moment où ils sortaient sur la plate-forme, le soleil commençait tout juste à descendre dans le ciel.

Anissa était époustouflée. La terrasse faisait le tour de l'immeuble, offrant une vue à trois cent soixante degrés derrière la barrière de plexiglas. Elle s'approcha du petit télescope binoculaire qui permettait aux touristes d'avoir une vue panoramique et fouilla dans sa poche pour trouver de la monnaie. Léo fut le plus rapide : il glissa quelques pièces dans la fente alors qu'elle était encore en train d'essayer de comprendre la valeur des différentes pièces.

Ils passèrent une bonne heure à observer Manhattan sous toutes les coutures, mais aussi Brooklyn. Léo lui parlait des quartiers, des monuments. Anissa répéta au moins cinquante fois le mot « incroyable », ce qui amusa beaucoup son compagnon. Ils virent l'Empire State Building s'illuminer de blanc. Léo lui expliqua que le gratte-ciel pouvait prendre différentes teintes, et qu'à Noël il serait rouge et vert.

Gagnée par une incompréhensible tristesse, Anissa posa la tête sur l'épaule de Léo.

— Cela va me manquer, à Mont-Cœur…

La main de Léo glissa autour de sa taille.

— Merci de m'avoir emmenée à New York, Léo, murmura-t-elle.

Il était tellement beau ! Et élégant dans son costume italien. Pendant quelques secondes, malgré la foule autour d'eux, Anissa eut l'impression qu'ils n'étaient que deux, seuls au monde. Léo eut-il la même sensation ? Il pencha la tête vers la sienne et ses lèvres rencontrèrent les siennes.

Elle jeta les bras autour de son cou, incapable de penser à autre chose qu'à ce moment, ce baiser. Léo l'approfondit et la serra contre lui. Il glissa la main dans son dos ; l'étincelle qu'elle avait sentie l'embraser la première nuit la traversa à nouveau, ainsi que la connexion qu'elle avait ressentie à côté de lui dans le planétarium, leurs doigts entrelacés.

Tu commences à avoir Léo Baxter dans la peau, ma fille !

Une fois redescendus, Léo lui avait proposé une petite douceur avant d'enfiler les patins. Anissa n'avait pu résister, encore moins quand il l'avait emmenée juste au coin de la rue, dans une boulangerie où il avait ses habitudes. L'odeur dans la boutique était merveilleuse et la mettait un peu plus en appétit chaque seconde. La file d'attente avançait lentement, ce qui permit à Léo de lui donner des conseils.

— Ils ont des petits gâteaux, des scones, des tartes, des gâteaux au fromage, des gâteaux spéciaux. Ils font un cupcake spécial tous les jours. Aujourd'hui, c'est banane, ananas et noix de pécan, avec un glaçage au fromage frais.

— Que me recommandes-tu ?

— Le pudding à la banane. Gaufrettes à la vanille, bananes fraîches et un pudding crémeux à la vanille, le tout garni de copeaux de chocolat. L'essayer, c'est l'approuver.

Deux minutes plus tard, ils avaient chacun pris un café bien chaud et un pudding. Il faisait de plus en plus sombre dehors, et l'air froid commençait à mordre.

— C'est parfait, déclara Anissa après la première bouchée.

— Heureux que cela te plaise ! s'enthousiasma Léo. Tu es sûre que tu ne regrettes pas le cupcake ou le brownie ?

Elle prit une autre cuillerée.

— Certaine !

Les lumières étaient allumées autour de la patinoire, à présent, et elle était plus fréquentée qu'au moment de leur arrivée. Ils finirent tranquillement leur café et leur pudding, puis Léo alla louer des patins. Ils les enfilèrent et se dirigèrent vers l'entrée de la patinoire.

— Prête ?

Elle fit quelques pas hésitants vers lui.

— Allons-y !

Sa bravade dura environ cinq secondes, soit assez longtemps pour que Léo se rende compte qu'il aurait dû s'accrocher au bord.

Il vit la bouche d'Anissa former un O de surprise au moment où il se retrouvait à plat ventre sur la glace. Les gens passaient autour d'eux tandis qu'Anissa s'approchait pour l'aider à se relever. Quelques secondes plus tard, il était face à elle, haletant.

— Bon. Essayons encore une fois.

Elle éclata de rire, puis se retourna et fit une sorte de pirouette.

— Hé, tricheuse ! Tu as dit que tu ne savais pas patiner !

Elle secoua la tête en glissant vers lui.

— Je n'ai jamais dit ça, rétorqua-t-elle avec un sourire moqueur. J'ai peut-être laissé entendre que je n'étais pas très bonne, comme quelqu'un que je connais l'a fait sur les pistes, à Mont-Cœur. Tu essaies encore de me jouer un tour ? Cette jolie petite chute était une ruse ?

Léo posa les mains sur sa taille, s'accrochant à elle.

— Je te promets que non. Cela me semblait une bonne idée, cette histoire de patinage. Vu de *l'extérieur* de la patinoire, tout du moins. Je pourrais vite la regretter.

— Quelques bosses et quelques bleus entre amis, ça renforce les liens, non ? dit-elle en riant.

Ses yeux brillaient sous son bonnet bleu. Une sensation de chaleur se répandit en lui. Anissa s'épanouissait, comprenait-il. Elle s'épanouissait à New York, avec lui. Elle avait passé la plus grande partie de sa vie à s'entraîner : avait-elle jamais vraiment eu du temps pour elle ou avec ses amis ?

Peut-être avait-elle juste besoin de se reposer, de s'évader et d'essayer de découvrir qui elle était et ce qu'elle voulait vraiment faire.

— As-tu pensé à la suite des événements si… si le ski ne marchait pas ?

Son corps de rêve se tendit, sa mâchoire se crispa. Elle était furieuse, comme s'il avait enclenché un interrupteur – le minuteur d'une bombe à retardement, plutôt…

— Pourquoi le ski ne marcherait pas ?

Léo réfléchit. Il pouvait marcher sur des œufs ou prendre le taureau par les cornes. Cette dernière option lui parut la meilleure, car il se doutait que peu de gens osaient aborder le problème de front avec Anissa et son caractère volcanique.

— Tu as été victime d'une blessure horrible. Et tu as eu de la chance : tu as retrouvé ta mobilité, tu es debout, tu marches. Mais il se peut que tu ne retrouves pas le niveau que tu avais avant. Qu'est-ce que tu feras, alors ?

Pendant quelques secondes, on aurait dit qu'il avait annoncé venir d'une autre planète et vouloir l'emmener dans sa soucoupe volante : elle cligna plusieurs fois des yeux et sa bouche s'ouvrait comme si elle voulait parler, puis se refermait. Léo était déterminé à ne pas combler le silence.

Au bout de presque une minute passée à le dévisager, elle se lécha les lèvres et lui répondit enfin :

— Peut-être que j'ai de la chance, même si ce n'est pas le mot que j'aurais employé pour décrire ma situation. Mais tu as raison. Il y a plein de sportifs qui ont subi de terribles blessures et qui n'ont jamais retrouvé leur niveau d'avant. Mais moi, mon *niveau d'avant*, c'était concourir pour l'or olympique, Léo. J'aurais l'impression d'être une dégonflée si je n'essayais pas.

Il lui caressa doucement le dos pour l'apaiser. Et tâcha de ne pas se montrer trop direct :

— Je comprends. Et je pense que c'est génial. Mais il te faut un plan B. Même quand je mets tout dans une affaire commerciale, j'ai toujours un plan B. C'est indispensable.

Elle tenta de sourire.

— Un plan B… Je suppose que c'est l'option la plus raisonnable, en effet. L'option *adulte*. Je suppose que j'ai besoin de regarder d'autres horizons.

Elle roula des yeux de manière comique et pointa la patinoire du doigt.

— Alors, Léo, quel est ton plan B pour ça ?

— Je pourrais simuler une blessure, répondit-il, entrant dans son jeu.

Elle sourit, un vrai sourire cette fois, et glissa la main dans la sienne.

— Allez, dit-elle, tu n'as qu'à garder les pieds sur la glace et je te tirerai.

Elle avait voulu changer de sujet, passer à autre chose, ce que Léo pouvait comprendre. Il avait posé la question, elle allait y réfléchir. Il avait des problèmes plus immédiats : il devait rester debout, en équilibre, pendant qu'Anissa le poussait délicatement et veillait sur lui. Lorsqu'il faillit tomber, elle posa les mains sur sa taille.

Cela lui prit de longues minutes pour commencer à avoir un peu plus confiance en lui. Il faillit rire aux éclats quand un enfant passa devant lui, sa mère accrochée à sa taille comme l'était Anissa à la sienne. Il se redressa, plia légèrement les genoux et essaya de glisser.

— C'est mieux, lui dit Anissa en se penchant contre son oreille. Tu as compris. Continue.

Petit à petit, il se frayait un chemin au milieu des autres patineurs. Après quelques tours de la patinoire, Anissa relâcha sa prise à la taille et apparut à nouveau à ses côtés. Elle glissa la main dans la sienne. Ils ressemblaient à n'importe quel autre couple, riant et plaisantant tout en patinant.

Il n'avait jamais fait ça avant. En fait, il avait vécu plusieurs premières ces derniers jours, toutes avec Anissa. Il était revenu à New York pour régler des problèmes professionnels et il aurait dû se concentrer pour trouver les arguments susceptibles de convaincre Joe afin de finaliser leur accord. Ils dînaient ensemble le lendemain soir. Dans d'autres circonstances, Léo aurait été anxieux. Là, auprès d'Anissa, il était simplement… bien.

Lorsqu'ils quittèrent la patinoire, tous deux respiraient plus vite.

— C'était amusant, dit-elle.

Il éclata de rire.

— Ouais, c'était amusant. En fait, c'était… mieux que ce que je pensais.

Elle s'appuya contre la barrière. Son regard pétillait.

— Tu pensais que tu serais meilleur que ça, n'est-ce pas ? Que tu allais juste enfiler les patins et savoir glisser.

Encore une fois, elle avait visé juste. Il se baissa pour défaire ses patins afin qu'elle ne remarque pas son embarras un peu honteux. Mais Anissa s'agenouilla à côté de lui.

— Léo Baxter, monsieur Merveilleux-en-Tout !

Elle plaisantait, bien sûr, mais les termes le blessèrent malgré tout. Pendant une fraction de seconde, leurs regards se croisèrent, puis les mots jaillirent de ses lèvres, amers :

— Si seulement c'était vrai.

L'incompréhension se peignit sur le visage d'Anissa, qui posa la main sur le revers de son manteau.

— Léo ?

Il se dégagea et s'éloigna, gêné d'avoir laissé son ressentiment déborder ainsi devant elle. Elle était hésitante lorsqu'elle se rapprocha à nouveau de lui, ses patins à la main. Beaucoup de gens faisaient la queue pour louer ou rendre des patins. Quand la main chaude d'Anissa se posa sur son visage, il tressaillit. Plus rien ne comptait que ce geste, ce contact entre eux.

Elle se plaqua contre lui. Ce fut presque comme si une bulle se formait autour d'eux. Le monde extérieur s'était dissipé. Le silence régnait. Tout ce qu'il voyait, c'était les yeux bleu pâle qui le fixaient.

— Dis-moi ce qui ne va pas, murmura-t-elle.

Son penchant naturel était d'éviter ce genre de conversation, de changer de sujet. Mais avec Anissa, tout était différent.

Un étau lui comprimait la poitrine. Le poids de la mort de ses parents, les relations tendues avec son frère et sa sœur, la pression du testament : comment expliquer tout cela en quelques mots ? Il ne savait même pas par où commencer. Il n'avait jamais eu de confident. Il n'avait jamais vraiment révélé son passé à ses amis ou à ses collègues. Personne ne pouvait le protéger ou s'occuper de lui mieux que lui-même. Il avait toujours été persuadé de cela.

Cette certitude avait affecté toute son existence, toutes les relations qu'il avait nouées, professionnelles ou personnelles. Il n'était jamais sorti avec une femme pendant plus de six mois, jusqu'au moment (qui parfois survenait bien plus tôt) où elle commençait à exprimer ses attentes, à imaginer un futur commun. Il ne fonctionnait pas ainsi. Il ne s'était jamais imaginé en mari aimant ou en papa poule. Il n'avait jamais eu cet exemple sous les yeux. Et il ne l'aurait jamais…

La douleur le frappa comme un uppercut au menton. Il se pencha en avant, essayant d'aspirer de l'air.

— Léo ? Léo, qu'est-ce qu'il y a ? s'affola Anissa à mi-voix. Tu es malade ?

Elle l'avait entouré de son bras, la tête tout contre la sienne.

Il revoyait les funérailles. La chapelle bondée. Personne ne l'avait remarqué lorsqu'il s'était glissé au dernier rang, tout de noir vêtu. Les deux cercueils étaient côte à côte, une simple couronne de fleurs blanches sur chacun. Le prêtre avait longuement parlé de leur vie et de l'amour qu'ils se portaient. Et qu'ils portaient à Sebastian et Noémi. Là, son ventre s'était tordu. Pas un mot sur lui, bien sûr. L'enfant inconnu, oublié.

Il s'était rendu à la cérémonie, incognito, pour dire au revoir aux parents qu'il n'avait jamais pu rencontrer. Ils n'avaient partagé que quelques appels téléphoniques, mais ils lui avaient donné de l'espoir. L'espoir que la seule chose qu'il avait toujours désirée – l'amour d'une famille – était à portée de main. Il lui avait été arraché si cruellement…

Et aujourd'hui, il avait toujours le sentiment de ne pas être à la hauteur, de ne pas être désiré, de ne pas être à sa place, celui que ses parents adoptifs avaient perpétué, celui que Sebastian avait fait renaître à la lecture du testament. Cela le mettait encore en colère. Il avait essayé de ne pas trop réfléchir à tout cela, de se laisser distraire pendant quelques jours. Son esprit était en surchauffe.

Soudain, c'était comme si la bulle de calme autour de lui avait éclaté. L'odeur d'orange d'Anissa s'évanouissait et le bruit de la patinoire, les lumières brillantes l'agressaient.

« Merveilleux », c'était l'adjectif qu'elle avait employé. Il n'était pas merveilleux, même s'il avait essayé de l'être à différents moments de sa vie. Il n'était pas merveilleux en tant que fils, en tant que frère, ou dans n'importe quelle relation.

Il pouvait voir l'expression d'inquiétude sur le visage d'Anissa et dans ses yeux. Mais tout d'un coup, il avait besoin d'air.

Il s'écarta d'elle.

— Je dois y aller. Je… Tu m'avais parlé d'une amie à voir, non ?

— Léo ? dit-elle, sourcils froncés, avant de cligner des yeux et d'ajouter rapidement : Oui, bien sûr. Julie. Je peux l'appeler et voir si elle est disponible.

— Bien. J'ai des affaires à régler, reprit-il d'un ton détaché.

Il prit son portefeuille dans la poche de sa veste et en sortit une carte American Express.

— Tu peux l'utiliser pour tout ce dont tu as besoin. Si tu veux faire du shopping avec Julie, par exemple. Acheter une robe pour le bal.

Il partit avant qu'elle puisse lui répondre. Avant qu'elle ait une chance de l'arrêter. Il traça son chemin à travers la foule, aussi loin que possible de la gaieté et de la joie.

Anissa était figée, paralysée. Qu'est-ce qui venait de se passer ? Avait-elle dit quelque chose qu'il ne fallait pas ? Elle regarda sa main. En plus de la carte de crédit, Léo lui avait donné celle qui permettait d'entrer dans le penthouse.

Pensait-il vraiment qu'elle allait dépenser son argent ? Elle voulut lui courir après, savoir ce qui n'allait pas. Mais quelque chose la retint. Une petite voix intérieure qui lui murmurait qu'il avait besoin de se retrouver un peu seul. Elle n'avait pas encore vraiment compris ce qui se passait dans la vie de Léo Baxter.

Elle s'éloigna de la patinoire. Le bonheur et l'excitation qu'elle avait ressentis auparavant s'étaient dissipés.

Ses pieds la ramenèrent à la boulangerie. Elle regarda fixement la carte qu'elle tenait toujours. La colère la gagna : pour qui la prenait-il ? Elle jeta un coup d'œil au magasin de mode de l'autre côté de la rue. Elle pourrait y entrer et en sortir avec un sac, des chaussures, un jean et un manteau. Mais ce n'était pas elle.

Elle soupira et rejoignit la file d'attente de la boulangerie. Puis elle commanda vingt-quatre petits gâteaux à livrer au penthouse.

Elle marcha ensuite lentement dans les rues. Elle devrait peut-être tenter sa chance et appeler Julie. Elle ne voulait pas retourner déjà à l'appartement – d'autant que Léo risquait de s'y trouver. Et elle ne voulait pas vraiment se promener seule. Peut-être que la cousine de Chloé pourrait lui indiquer un endroit amusant où aller pendant quelques heures…

Elle sortit son téléphone et composa le numéro.

Julie lui avait donné rendez-vous dans un bar. Anissa s'y était rendue en métro. Elles avaient bu une bière en faisant connaissance et s'apprêtaient à entamer leur deuxième. Julie était habillée tout en noir, son épaisse chevelure rejetée d'un côté du visage.

— Quoi ? ! Tu me dis qu'un milliardaire t'a donné sa carte de crédit, t'a ordonné de dépenser, et que tu ne l'as pas fait ?

Julie la regardait comme si elle était complètement folle.

— J'ai acheté des cupcakes.

— Tu es à New York ! Tu aurais pu acheter une paire de Louboutin, un sac Vuitton, et tu as acheté des cupcakes ! Ton mec et toi m'avez l'air d'être deux sacrés numéros !

— Ce n'est pas mon mec. C'est juste… juste un ami.

Julie haussa les sourcils de manière comique.

— Un *ami* ? Il t'emmène à New York dans son jet privé, t'installe dans son penthouse, te fait visiter la ville, t'embrasse en haut du Rockefeller Center, mais c'est juste un ami !

Anissa soupira.

— Dit comme ça… En plus, il va m'emmener à un bal. Un truc de Noël. C'est dans ce célèbre palace sur la Cinquième Avenue, à côté de Central Park. D'ailleurs, je n'ai même pas de robe.

Anissa crut que Julie allait s'étouffer.

— Quoi ? !

— Quoi, « quoi » ?

Les yeux de Julie brillaient.

— Tu es invitée au bal dont tout New York parle ? s'exclama-t-elle. Oh ! la chance… C'est samedi.

Elle se redressa sur son tabouret, l'air horrifié.

— C'est samedi et tu n'as pas de robe ! Mon Dieu,

Anissa, on dirait bien que tu es la version moderne de Cendrillon !

— Arrête, tu me rends nerveuse. Quel est le problème ? Léo ne m'a pas dit que c'était l'événement de l'année, juste que j'avais besoin d'une robe de soirée.

Julie leva les yeux au ciel.

— Bon, je vais prendre les choses en main, affirma-t-elle d'un ton résolu, avec l'air de réfléchir à plusieurs options. Viens avec moi. Viens avec moi tout de suite. Je crois que j'ai ce qu'il te faut.

La cousine de Chloé la traîna presque hors du bar, puis dans la rue. Après quelques minutes durant lesquelles elle avait marmonné entre ses dents serrées, elle la précéda dans un immeuble et la conduisit en haut d'une volée de marches jusqu'à un appartement.

Anissa eut l'impression de pénétrer dans un autre monde. Il y avait des mannequins partout, chacun portant un modèle de robe unique, spectaculaire. C'était un chatoiement de couleurs, d'étoffes, de créations toutes plus originales les unes que les autres.

Julie semblait ne pas avoir remarqué son émerveillement. Elle marcha droit vers une robe bleu pâle qui scintillait sur son mannequin.

Elle se tourna pour regarder Anissa, le regard anxieux.

— Qu'en penses-tu ?

Anissa s'approcha, intimidée. Julie tournait autour du mannequin.

— Dès que tu as dit que tu avais besoin d'une robe, je l'ai vue sur toi. Elle va à ton teint, à tes yeux. Qu'en penses-tu ? Tu serais d'accord pour porter une de mes créations ?

Anissa ne pouvait plus parler. Elle ne pouvait plus penser. La robe avait un corsage à paillettes orné de perles, à l'encolure échancrée, et une jupe longue faite de plusieurs couches de tulle bleu pâle. C'était tout simplement la plus belle robe qu'Anissa ait jamais vue.

— Tu voudrais que je porte un de tes modèles, bredouilla-t-elle.

Julie semblait aussi empruntée qu'elle, soudain.

— Eh bien, seulement si tu penses qu'elle est assez bien pour toi. Mais cela signifierait tellement pour moi qu'une robe que j'ai dessinée soit portée au bal de Noël le plus couru de New York. Ce serait un rêve devenu réalité !

Anissa n'en croyait pas ses oreilles. La robe était stupéfiante !

— Tu… Je…

— Tu ne l'aimes pas ? demanda Julie, sur la défensive.

— Oh non ! Je l'adore ! Mais… Est-ce qu'elle m'ira ? demanda-t-elle du bout des lèvres.

Julie acquiesça avec enthousiasme.

— Essaie-la ! Nous pouvons faire des retouches si nécessaire.

La jeune femme fit glisser la robe du mannequin et poussa Anissa vers sa chambre. Après quelques instants d'hésitation, celle-ci enleva ses vêtements et passa la robe. La doublure en satin glissa sur elle comme une seconde peau.

Lorsqu'elle sortit, elle vit les yeux de Julie s'agrandir. Elle semblait ébahie. Ébahie et heureuse. La jeune créatrice la guida jusqu'à un grand miroir en pied.

Anissa laissa échapper un petit cri. La robe était magnifique. Le corsage mettait en valeur ses courbes. Les couches de tulle flottaient lorsqu'elle bougeait, puis retombaient avec élégance.

Julie secoua la tête. Sa stupéfaction était visible.

— Tu ressembles à une princesse des glaces. C'est tout simplement incroyable !

Elle se plaça derrière Anissa, pinça un peu la robe à la taille et attrapa quelques épingles.

— J'ai seulement quelques retouches mineures à apporter.

Sa tâche terminée, elle fixa dans le miroir le reflet d'Anissa, puis releva ses cheveux blonds sur les côtés, laissant quelques mèches autour de l'oreille.

— Tu as pensé à ta coiffure ?

Anissa croisa son regard dans le miroir. Elle ne savait que répondre.

— Oh non, c'est pas vrai…, geignit Julie. Bon, tu me fais confiance ?

Anissa regarda son reflet dans le miroir. Cette robe était la création la plus parfaite qu'elle ait jamais vue, la plus belle qu'elle ait jamais portée.

— Après que tu m'as montré cette merveille ? Bien sûr que je te fais confiance ! Tu sais, Léo m'a appelée « Princesse des glaces » quand on s'est rencontrés pour la première fois. Et c'est exactement ce que j'ai l'impression d'être dans cette tenue.

Julie sourit.

— J'ai une amie qui peut te coiffer et te maquiller. Il faut t'acheter des chaussures. Des talons. Pas trop hauts. Tu seras parfaite !

Anissa pinça les lèvres.

— Mais après ce qui s'est passé aujourd'hui, il a peut-être changé d'avis.

— Ce type t'a amenée à New York. Il veut que tu sois sa cavalière pour ce bal. Peu importe ce qui s'est passé aujourd'hui, il te veut à ses côtés.

Le ton assuré de Julie lui fit du bien. Elle fit un lent signe de tête.

— Oui, tu as sûrement raison. Et j'aime tellement ta robe ! Combien je te dois ? Je ne suis pas…

— Non ! la coupa Julie. Pas question que tu me paies. Je veux juste que tu dises à tous ceux qui te le demanderont que la robe a été conçue par moi. Je te donnerai une pile de cartes de visite à distribuer.

Anissa cilla, incrédule.

— Vraiment ? Tu ne veux pas que je te paie ?

— Le fait que tu portes ma robe pourrait me faire beaucoup de publicité. Donnant donnant !

Anissa lui prit les mains et les serra dans les siennes, émue.

— Merci beaucoup. Je ne sais pas ce que j'aurais fait sans toi.

— De rien, Anissa. Tout le plaisir est pour moi. Et si

je peux me permettre un petit conseil, fais un peu mariner M. Millionnaire. Et pourquoi ne pas l'inquiéter en lui faisant croire que tu n'as pas encore de robe ?

Anissa éclata de rire.

— Julie, tu es une vraie diablesse !

— Je parie que toi aussi…

7.

Léo se sentait nul.

Exactement ce qu'il était.

Il l'avait abandonnée. Il l'avait laissée seule dans New York, une ville où elle ne connaissait personne. Tout ça parce qu'il avait paniqué. Qu'est-ce qui n'allait pas chez lui ? Et si elle n'arrivait pas à joindre son amie ?

Jusque-là, ils avaient eu une journée presque parfaite. Anissa était intéressante, amusante et magnifique. Que demander de plus ?

Et pourtant…

Il l'avait laissée tomber. Il les avait laissés tomber tous les deux.

Il regarda le téléphone. Il n'arrivait pas à décider qui appeler : Noémi ou Sebastian. Peut-être qu'il devrait téléphoner aux deux ? Peut-être qu'il ne devrait téléphoner à aucun des deux ?

Mais les textos qu'Anissa échangeait avec ses parents avaient déclenché quelque chose dans son cerveau. Elle faisait partie d'une famille. Peu importe où elle se trouvait dans le monde, elle faisait toujours partie d'une famille, et il était clair qu'elle aimait cela.

Les circonstances étaient différentes, mais ce sentiment constant de ne pas être à la hauteur n'était pas la faute de Noémi ou de Sebastian. Il trouvait son origine dans son enfance, la manière dont il avait été élevé, et ses propres peurs. Il devait le surmonter.

Anissa avait sur lui un effet inattendu…

Il appuya sur une touche de son téléphone. Noémi répondit à la deuxième sonnerie.

— Léo ? Comment vas-tu ? Je suis si contente de t'entendre !

Elle semblait vraiment heureuse. Une chaleur bienfaisante se répandit dans tout son être.

— Salut, Noémi, dit-il en s'installant dans un fauteuil. Je voulais juste prendre des nouvelles…

Le téléphone d'Anissa vibra au moment où elle sortait du métro. Elle regarda l'écran. C'était Hans, de la Fédération internationale de ski. Ils ne s'étaient pas parlé depuis dix-huit mois. La dernière fois qu'il lui avait téléphoné, elle avait ignoré l'appel. Elle choisit de répondre.

— Hans ?

— Anissa ! Enfin ! Où es-tu ?

— À New York ?

— New York ? s'exclama-t-il. Zut, alors ! Je suis à Mont-Cœur. Je pensais que tu étais ici.

Un nœud se forma dans son estomac. Hans était allé à Mont-Cœur pour lui parler ?

— Désolée, je suis partie quelques jours. Tu as quelque chose à me dire ?

Il s'éclaircit la gorge.

— J'espérais te parler face à face.

À présent, Anissa était vraiment nerveuse. Un silence inconfortable s'installa entre eux : elle ne savait que répondre.

— C'est juste que…, commença Hans, un peu hésitant, qu'il y a une place qui se libère au sein de la commission « Ski alpin ». Je voulais discuter avec toi pour savoir si tu étais intéressée.

Elle s'immobilisa au milieu de la rue, stupéfaite.

— Quoi ? ! s'exclama-t-elle.

— Un de nos membres va démissionner pour raison de santé. Nous voulons le remplacer par quelqu'un de jeune, qui connaît le circuit professionnel de l'intérieur. Ton nom fait l'unanimité, Anissa.

Prise d'une sorte de vertige, elle dut s'adosser à la façade d'un Starbucks. La fédération avait pensé à elle ? Pour une place dans un comité directeur ? Incroyable… Elle ne savait pas quoi penser. Ses jambes tremblaient.

— Quand reviens-tu à Mont-Cœur ?

— Je… Je ne sais pas, bredouilla-t-elle. Dans trois ou quatre jours.

— Écoute, je vais t'envoyer des informations par mail pour que nous puissions discuter quand tu seras de retour. Cela te donnera quelques jours pour réfléchir, qu'en dis-tu ?

Elle acquiesça, le cerveau en surrégime. Elle donna à Hans son adresse électronique, puis ils se saluèrent et elle raccrocha.

Elle reprit sa marche, un peu perdue. Elle n'avait jamais vraiment envisagé d'autre possibilité de carrière que le ski. En fait, elle ne pensait pas pouvoir faire autre chose, à part enseigner le ski – ou être femme de ménage. La proposition de Hans ressemblait au plan B que Léo lui avait suggéré. À une lumière au bout d'un très long tunnel.

Léo faisait les cent pas lorsqu'il entendit les portes de l'ascenseur s'ouvrir dans l'entrée du penthouse.

— Je suis désolé, dit-il à Anissa dès qu'elle pénétra dans la pièce principale.

Il avait passé les heures précédentes à regretter ses actes. Il ne pouvait pas vraiment s'expliquer pourquoi il avait agi de la sorte, alors comment diable l'expliquer à Anissa ?

C'était comme si trop de choses lui étaient tombées dessus en même temps : ses parents, le testament, son frère, sa sœur et, cerise sur le gâteau, Anissa. Il l'aimait bien. Elle avait lentement mais sûrement trouvé son chemin sous la carapace qu'il avait construite autour de lui. Il aimait son rire. Il aimait ses questions. Il aimait son éthique du travail et ses efforts pour bien faire. Il aimait sa relation avec ses parents et une foule de petits détails, gestes, attitudes du quotidien. Même s'il ne la connaissait que depuis quelques jours, il se souciait d'elle. Il voulait qu'elle s'amuse à New York ; or il avait presque tout gâché, aujourd'hui. À cause des émotions qui l'avaient submergé.

Il avait passé les heures précédentes à se sentir coupable, à se demander où elle était, à espérer qu'elle reviendrait. Il avait saisi son téléphone une centaine de fois pour l'appeler, mais chaque fois il avait renoncé – cela lui semblait ridicule après l'avoir laissée seule.

Cela n'avait pas aidé qu'une heure auparavant, une livraison soit arrivée de la boulangerie : vingt-quatre cupcakes qu'il n'avait pas commandés – c'était donc Anissa… Elle alla droit au but :

— Qu'est-ce qui n'allait pas, tout à l'heure ?

Les mots restèrent coincés dans sa gorge. Il s'était préparé à débiter des excuses, mais maintenant qu'elle se tenait devant lui, ses yeux bleu pâle rivés aux siens, étincelants, ses excuses toutes prêtes se désagrégeaient.

— C'est juste que…

— Juste que quoi ? insista-t-elle en retirant son bonnet et son manteau, puis ses chaussures.

Léo était incapable de parler, figé. Anissa soupira et se dirigea vers la cuisine. Elle attrapa une bouteille de vin et prit un verre dans le placard.

— Il est tard, Léo. Je suis fatiguée. Je… Je me suis bien amusée, aujourd'hui. Du moins, je pensais que *nous* nous étions amusés. Jusqu'à ce qu'on ne s'amuse plus.

Elle se versa un verre.

— Tu m'as amenée ici sur un coup de tête, reprit-elle. Tu m'as emmenée faire du tourisme, logée dans ton appartement, tu m'as invitée à un bal. Puis tu m'as presque jeté ta carte de crédit au visage en m'abandonnant tel un mufle. Tu te rends compte comme c'est insultant ? Que je pourrais croire que tu essaies de m'acheter ?

Léo s'approcha des baies vitrées. Il se tenait debout, les mains dans les poches. Dans l'obscurité, il pouvait voir toutes les lumières de la ville. Il n'avait pas l'habitude de partager. Il n'avait jamais vraiment eu personne à qui se confier, avant. Sa conversation avec Noémi avait été… intéressante. Il avait enfin eu l'impression qu'il commençait à prendre la bonne direction avec sa famille. Et maintenant, Anissa lui demandait franchement ce qui n'allait pas.

Quelque chose attira son attention. Un scintillement sur le côté. Un hélicoptère, réalisa-t-il. Comme il en volait tant au-dessus de New York. Ce fut comme si un éléphant posait un pied sur sa poitrine.

Bon sang…

— J'étais à Mont-Cœur pour la lecture du testament de mes parents, commença-t-il avec peine, la voix éraillée.

— Tes parents sont morts ? s'exclama-t-elle, clairement surprise. Oh ! Léo, je suis vraiment désolée.

— Je n'ai même pas eu la chance de les connaître. Quand ils sont venus à New York afin de me rencontrer pour la première fois depuis ma naissance, ils… Ils sont morts dans un accident d'hélicoptère.

Il vacilla. Heureusement, Anissa le rattrapa et, non sans renverser une partie de son vin, le guida vers une chaise. Il s'y écroula, terrassé par les émotions qui s'étaient accumulées en lui ces derniers mois.

— S'ils n'étaient pas entrés en contact avec moi, ils ne seraient pas morts. C'est ma faute. Je n'aurais jamais dû répondre à cette lettre. Je n'aurais jamais dû accepter de les rencontrer.

Des larmes commencèrent à couler sur ses joues. Anissa s'agenouilla devant lui et prit ses mains dans les siennes.

— Oh ! Léo… Je suis désolée. Vraiment désolée. Mais ce n'est pas ta faute. C'est le destin.

Une pensée la traversa tout à coup.

— Je ne comprends pas, reprit-elle. Tu ne connaissais pas tes parents, pourtant tu m'en as parlé pour me dire qu'ils ne s'occupaient pas beaucoup de toi.

Léo lui expliqua comment et pourquoi ses parents biologiques avaient été contraints de l'abandonner.

— Mes parents adoptifs m'ont toujours dit que je n'avais pas été désiré, ajouta-t-il. Ce sont eux qui ne s'occupaient pas beaucoup de moi. J'ai passé toute ma vie à ne pas me sentir assez bien, ni pour eux ni pour mes vrais parents puisqu'ils m'avaient rejeté. Ce qui était faux, ils m'avaient désiré.

— Mais tu n'étais qu'un enfant ! Pourquoi tes parents adoptifs étaient-ils aussi cruels ?

Ce fut comme si une petite lumière s'allumait dans sa tête.

— Cruels, oui, c'est le mot juste. Ils n'étaient pas vraiment intéressés par moi. Je pense que l'idée d'avoir un enfant était plus excitante que l'enfant lui-même. Ils m'ont toujours donné l'impression d'être de trop, une gêne.

— C'est terrible… Tu leur parles encore ?

Il secoua la tête.

— Je suis parti quand j'avais vingt ans et je n'ai jamais regardé en arrière. Quand j'ai reçu la lettre de mes vrais parents, j'ai été stupéfait. Au début, je n'y croyais pas. Il m'a fallu quelques semaines pour prendre contact.

— Et quand tu l'as fait ?

Léo prit une profonde inspiration et leva la tête.

— Salvo et Nicole étaient impatients de me rencontrer. Ils m'ont affirmé qu'ils me cherchaient depuis qu'ils m'avaient abandonné. Ils voulaient d'abord parler de moi à Sebastian et Noémi, car, rongés par la culpabilité, ils ne l'avaient jamais fait.

Il frissonna avant de poursuivre, d'une voix de plus en plus tremblante :

— Je n'avais jamais eu de vraie famille où je me sentais à ma place. Tout d'un coup, j'ai eu l'impression que ça pouvait arriver. Et puis… Ils sont morts. Ils étaient arrivés à New York avec quelques heures d'avance et avaient décidé de faire un tour de la ville en hélicoptère. Ensuite, il y a eu les funérailles…

La main d'Anissa serra la sienne.

— Tu n'y as pas rencontré Sebastian et Noémi ?

— Je n'étais pas sûr de ce qu'ils savaient sur moi. Je suis resté au fond. Il y avait des centaines de personnes. Bon sang, Sebastian et Noémi doivent vraiment me détester ! Si mes parents ne m'avaient pas retrouvé, ils ne seraient pas allés à New York et seraient encore en vie. Tout est ma faute.

Ce sentiment l'avait enveloppé comme un manteau sombre dès la seconde où il avait appris l'accident. Cela hantait ses rêves la nuit. La culpabilité était vraiment un sentiment horrible, qui vous vidait de votre vie, lentement mais sûrement.

— Arrête de dire que c'est ta faute, Léo ! Comment aurais-tu pu prévoir cela ? Ce n'était qu'un horrible accident. Tu as dit qu'ils t'avaient cherché toute leur vie ; ils n'auraient jamais arrêté.

Léo pressentait qu'Anissa avait raison. Mais il ne pouvait pas l'accepter. Pas encore.

Léo avait réussi à calmer sa respiration. Près de lui, Anissa veillait, réconfortante présence.

— D'après ce que tu m'as dit des funérailles, dit-elle d'une voix douce, il semble que tes parents étaient très populaires.

— Oui. Tu as peut-être entendu parler d'eux : Salvo et Nicole Cattaneod.

Anissa plissa le front. Une seconde plus tard, Léo lut dans ses yeux qu'elle les remettait – le nom de Cattaneod était connu dans le monde entier.

— Les joailliers ?

— Oui. Les choses sont si difficiles aussi parce qu'ils m'ont nommé dans leur testament.

— C'est normal, tu es leur fils.

Léo ferma les yeux une seconde. Avec Anissa, tout devenait si simple, si évident !

— Apparemment, ils ont fait ça il y a longtemps. Ils exigent que j'assume le contrôle de l'entreprise familiale pendant six mois. Si je n'accepte pas, l'entreprise sera dissoute.

Les yeux d'Anissa s'agrandirent sous l'effet de la surprise.

— Quoi ? Non. C'est terrible ! C'est une position affreuse pour toi !

— Je sais. Imagine ce que Sebastian et Noémi ressentent. Le frère mystérieux surgi de nulle part qui prend la tête de l'entreprise familiale. Faut-il s'étonner que Sebastian soit en colère ? Je ne peux pas m'empêcher d'imaginer ce que je ressentirais si l'entreprise que j'ai vu mes parents construire était confiée à un inconnu.

Il soupira et appuya la tête contre le fauteuil.

— Je n'ai aucune idée de ce qui va se passer. J'ai été seul pendant si longtemps. Mais la question que je dois me poser est : est-ce que je veux vraiment une famille ? Ma mère et mon père ne sont plus là maintenant, et ce sont les personnes avec lesquelles j'avais vraiment envie de tisser une relation. Avec Sebastian et Noémi, nous n'avons pas pris un bon départ. J'hérite de leur entreprise familiale, comment pourraient-ils me faire confiance ? De mon côté, je sais qu'ils sont obligés de me ménager pendant les six prochains mois, qu'ils le veuillent ou non. Cela fausse complètement les rapports.

Anissa s'assit sur l'accoudoir du fauteuil, à côté de lui. Elle lui passa les doigts dans les cheveux. C'était un geste intime, le geste de quelqu'un qui se souciait de lui.

— Tu es en train de te noyer parce que tout est allé trop vite, on dirait. Tu n'as même pas eu l'occasion de dire correctement au revoir à tes parents.

Il enroula le bras autour de sa taille et la tira vers lui, la faisant glisser sur ses genoux. Elle mit les mains de chaque côté de sa tête et pressa le front contre le sien.

— Léo, à qui as-tu parlé de tout cela ?

— À mes avocats. J'ai essayé de trouver un moyen de m'en sortir sans détruire l'entreprise Cattaneod.

Il avait compris où elle voulait en venir, bien sûr, mais

comment lui avouer qu'il n'avait *personne* d'assez proche avec qui il aurait pu en parler ? Sauf elle, désormais…

— J'ai vu à quel point tu es proche de tes parents. Je n'ai jamais rien eu de tel. Je ne sais même pas comment je devrais me comporter avec mon frère et ma sœur. J'ai téléphoné à Noémi, tout à l'heure. Je me sentais… guindé, pas naturel du tout. Je ne sais pas comment avoir ce genre de conversation. Pas encore.

— Léo, murmura Anissa à quelques centimètres de son visage, les yeux rivés aux siens, je ne peux pas imaginer à quel point cela a été difficile pour toi. Mais je veux te dire une chose : tu es quelqu'un de bien.

Alors, sans réfléchir, Léo captura les lèvres sensuelles de sa belle Autrichienne.

Une merveilleuse onde de chaleur traversa Léo. L'électricité entre eux grésillait depuis la première fois qu'ils s'étaient rencontrés. Mais désormais, c'était plus que cela. Plus profond. Et il aimait ce sentiment d'être enfin connecté avec quelqu'un ; il aimait vouloir sentir sa peau contre la sienne, son cœur battre contre le sien. Son cœur indulgent qui lui avait déjà pardonné de l'avoir délaissée.

Elle tira sur son pull, et le fit passer au-dessus de sa tête. Toutes les cellules de son corps s'embrasaient. Et ce n'était pas une banale attirance : c'était de l'empathie, de la compréhension. Ses mots, son réconfort, la sincérité dans ses yeux quand elle lui avait dit qu'il était quelqu'un de bien, tout cela l'avait troublé comme jamais.

C'était nouveau. Tout cela était nouveau pour lui. Et quoi qu'il arrive, quelle que soit la décision qu'il prendrait concernant l'entreprise familiale, son instinct et son cœur lui soufflaient que pour la première fois de sa vie il avait trouvé quelque chose à quoi il pouvait se raccrocher.

Tandis qu'il portait Anissa dans ses bras jusqu'à sa chambre, il se dit qu'il ne s'était jamais senti aussi certain de quoi que ce soit.

8.

Anissa s'étira dans le lit, alanguie. Heureuse. Pour la première fois depuis une éternité, ses muscles étaient *agréablement* douloureux.

La veille au soir, elle était rentrée à la maison furieuse contre Léo. Mais son expression contrite, défaite, avait presque éteint sa colère.

Avant qu'il lui parle, elle n'avait aucune idée de ce qu'il avait enduré. Elle ne pouvait pas imaginer la dévastation causée par la perte de ses parents. Chaque partie de son récit avait fait se tordre un peu plus son cœur. Chaque mot lui avait fait aimer un peu plus la relation qu'elle entretenait avec ses parents. Comment se sentait-on quand on n'avait jamais vécu cela ? Et quand, alors que la possibilité se faisait soudain jour, elle s'éteignait dans un accident d'hélicoptère ?

Pas étonnant qu'il ait été dévasté…

Elle comprenait maintenant que derrière sa façade d'homme d'affaires couronné de succès se cachait un homme en souffrance. Et que ce masque le faisait tenir debout.

Parce qu'il n'avait personne. Personne avec qui partager.

Sa relation avec son frère et sa sœur n'avait jamais eu la chance de se développer ; à cause du testament de leurs parents, elle n'aurait peut-être jamais cette chance.

Mais c'était son sentiment de ne pas être assez bien, de ne pas être à la hauteur, auquel elle pouvait s'identifier le plus.

— Coucou, fit la voix endormie de Léo à côté d'elle.

Elle se tourna vers lui. Il avait le regard ensommeillé. Seigneur, il était sexy même au réveil !

— Salut, répondit-elle.

— Qu'est-ce que tu veux faire aujourd'hui ? demanda-t-il d'une voix rauque.

— Est-ce que je peux encore jouer les touristes ?

Elle retint son souffle dans l'attente de sa réponse.

— Absolument. Dis-moi où tu veux aller et je t'emmènerai. Ce soir, j'aimerais vraiment que tu viennes avec moi à mon dîner d'affaires avec Joe.

— Tu penses qu'il sera d'accord pour que je sois là ?

— Il n'aura pas le choix ! Je suis revenu à New York pour lui. Il hésite encore sur un contrat que je pensais sur le point d'être conclu.

Léo lui prit la main et l'embrassa.

— Et puis qui ne voudrait pas d'une femme aussi intelligente que toi à sa table ? Je pense qu'il t'aimera : qui ne t'aimerait pas ?

Le compliment la flatta. Mais qu'était-elle à ses yeux ? Femme de ménage le jour et petite amie la nuit ? Elle repoussa cette question et sourit à Léo.

— Qu'est-ce que je devrai porter ?

Il grimaça.

— Est-ce que j'ai tout gâché hier en te donnant ma carte de crédit et en te conseillant de t'en servir ?

Anissa hocha la tête.

— C'était à deux doigts… Mais ne t'inquiète pas, le problème de la robe de bal est réglé.

Elle s'était déjà sentie offensée bien avant, lorsque Léo avait proposé que son assistante personnelle lui trouve la robe. Aujourd'hui, elle préférait de loin faire du tourisme plutôt que du shopping. Il y avait peut-être un moyen de tout arranger.

— Et si tu me donnais le numéro de Keisa ? Je pourrais lui dire quelle taille je fais, quelle couleur je préfère et quel style de robe j'aime. Aucun de nous deux ne s'approchera d'un magasin de vêtements aujourd'hui ! De toute façon, j'ai quelque chose de beaucoup plus amusant en tête…

Pendant que Léo prenait sa douche, Anissa, déjà prête, appela Keisa et lui donna ses consignes. Ensuite, elle consulta ses messages en buvant un café. Elle remarqua tout de suite le mail de Hans. Il avait joint une fiche de poste détaillée – rôle, responsabilités, attributions, salaire et montant des frais remboursés. C'était beaucoup mieux payé que ce qu'elle avait imaginé. Elle serait au cœur des compétitions de ski alpin, mais pas sur la piste…

Une part d'elle-même se réjouissait de cette proposition. Elle n'aurait jamais pensé qu'ils la contacteraient. C'était flatteur. Mais une autre partie d'elle-même se sentait insultée : les membres de la fédération étaient persuadés qu'elle ne reviendrait jamais au plus haut niveau.

Presque automatiquement, sa main commença à frotter sa jambe tandis que son autre main attrapait son sac et… Elle se figea. Elle cherchait ses analgésiques. Ceux qu'elle prenait tous les jours. Ceux dont elle n'avait pas besoin en ce moment.

Depuis qu'elle était remise sur pied, elle n'avait cessé de s'entraîner. Elle pensait qu'il lui suffirait d'apprendre à vivre avec la douleur et de prendre des cachets. Il ne lui était jamais venu à l'esprit que si elle arrêtait de skier la douleur pourrait disparaître.

Malmenait-elle dangereusement son corps pour poursuivre un rêve qui ne se réaliserait jamais ?

Des larmes lui piquèrent les yeux tandis qu'elle regardait la ville enneigée. Dehors, il y avait un monde de possibilités. Peut-être avait-elle besoin d'envisager ses options de manière un peu plus rationnelle, en se coupant de ses émotions… En était-elle capable ?

Sa bonne humeur, sa joie de vivre, sa capacité à s'émerveiller étaient contagieuses. Et Léo aimait cela. Aimait *beaucoup* cela. Anissa l'avait entraîné sur Liberty Island pour la visite touristique de la statue de la Liberté. Ils montèrent les marches jusqu'au piédestal, puis grimpèrent jusqu'à la couronne.

— C'est génial, chuchota-t-elle en regardant le port de New York et Manhattan.

Léo acquiesça, se demandant pourquoi il n'avait jamais fait cela auparavant.

Ensuite, elle l'emmena à l'Intrepid Museum, sur la rivière Hudson, un endroit étonnant dont Léo n'avait jamais entendu parler. Ils y visitèrent la navette spatiale *Pavilion*, exposée par la NASA, un Concorde de la British Airways et le sous-marin *Growler.*

— Tu n'es qu'une grande enfant, n'est-ce pas ? lui lança Léo à leur retour.

— Peut-être, dit-elle rapidement. Ou peut-être simplement que je réévalue les choses ; que je décide de ce qui est important.

Le regard qu'elle lui jeta en prononçant ces mots le toucha au cœur. Il perçut de nouveau le signe qu'ils étaient sur la même longueur d'onde. Elle leva les mains et les posa sur ses épaules, les yeux dans les siens.

— Peut-être que nous avons tous les deux besoin de réfléchir à certaines choses. Parle-moi de ta discussion d'hier avec Noémi.

— C'était chouette. Elle était bavarde. Elle posait beaucoup de questions, voulait connaître la date de mon retour. En fait, reprit-il après une pause, c'était le rêve de nos parents d'avoir tous leurs enfants réunis pour Noël.

— Et Noémi veut-elle réaliser ce rêve ?

Léo hocha affirmativement la tête.

— Mais n'est-il pas trop tard ? Ils ne sont plus là.

— Toi, tu es là ! assena-t-elle, véhémente. Noémi et Sebastian sont là. C'est ta famille, Léo. Les gens que tu devrais connaître. Les gens que tu devrais aimer.

Elle avait raison. Il savait qu'elle avait raison. Mais cela lui faisait l'effet d'un grand saut dans l'inconnu.

— Noël est un moment très spécial pour les familles, poursuivit-elle. J'aime passer cette période avec ma mère et mon père.

— Ce sera le cas cette année ?

Il eut un petit pincement au cœur : il n'était pas sûr de la façon dont il voulait qu'Anissa réponde à cette question.

— Non. J'ai promis de travailler et je respecte toujours mes engagements. Je rentrerai chez moi quelques jours autour du 20 décembre et je reviendrai à Mont-Cœur le 23. Nous fêterons Noël en avance.

Elle sera là !

Léo avait envie de chanter. S'il décidait de retourner en Suisse passer Noël avec son frère et sa sœur, Anissa serait là. Tout lui semblait soudain plus léger, moins décourageant.

— Noémi était la plus facile à appeler, n'est-ce pas ? demanda Anissa, fine mouche. La personne à qui tu dois vraiment parler, c'est Sebastian.

— Toi, on peut dire que tu ne tournes jamais autour du pot ! s'exclama-t-il en riant.

Elle rit aussi.

— La vie est trop courte. Ton frère est en colère à cause du testament, sûrement blessé. Il a sans doute passé toute sa vie à se préparer à diriger l'entreprise, il doit avoir l'impression qu'on lui a arraché son dû, que son travail compte pour du beurre. Mais quel est l'enjeu pour Noémi ?

— Elle est actionnaire, mais ne siège pas au conseil d'administration. Je ne sais pas comment elle vit cette situation.

Anissa posa la main sur son torse.

— Tu ne sais rien de ce qui se passe dans leurs vies. Ils viennent de perdre leurs parents, ils ont découvert qu'ils avaient un frère, mais il pourrait y avoir d'autres choses.

Elle se mit sur la pointe des pieds et murmura à son oreille en le serrant très fort dans ses bras :

— Respire, Léo. Prends le risque. Une fois qu'ils te connaîtront, ils te trouveront génial.

Jamais quelqu'un ne l'avait soutenu comme Anissa le faisait en ce moment. Il désirait plus que tout au monde lui rendre la pareille, mais cela signifierait lui poser des questions qu'elle ne voulait pas qu'on lui pose sur sa carrière de skieuse professionnelle. Or la dernière chose qu'il voulait faire, c'était la blesser ; ou endommager la relation précieuse qu'il avait commencé à nouer.

Ils avaient tout juste le temps de se préparer pour le dîner. Anissa s'empara des sacs que Keisa, l'assistante de Léo, avait fait livrer pour elle et se précipita dans sa chambre. Elle prit une douche, se sécha les cheveux et se maquilla sommairement.

Elle ouvrit la boîte de chaussures posée sur le lit. Des escarpins à talons aiguilles en cuir verni noir avec des semelles rouges. Magnifiques, et probablement plus chers que ce qu'elle gagnait en un mois.

Elle dézippa ensuite la housse à vêtements et en sortit la robe. Elle était d'un rouge sublime – une couleur qu'elle portait rarement. Elle avait un décolleté droit, et tombait de ses hanches au-dessus des genoux, où elle était finie par un petit volant rouge.

Elle enfila le tout et, après un rapide coup d'œil dans le miroir, sortit en hâte de sa chambre.

— Waouh, fit Léo lorsqu'elle le rejoignit.

Son regard était admiratif. Il portait un costume sombre et une cravate ; il avait un verre de vin rouge à la main. Les lumières de l'appartement étaient tamisées et Anissa aimait la façon dont brillaient les yeux de son amant.

— Je n'ai pas encore rencontré Keisa, mais elle semble avoir un goût impeccable.

— En effet. Et je lui ai peut-être envoyé une photo…, ajouta-t-il avec un petit sourire.

— De moi ? s'exclama-t-elle, étonnée. Quand ?

— Aujourd'hui. Nous avons pris des tonnes de photos ces deux derniers jours !

— Oui. D'ailleurs, cela me fait penser que j'en ai une sur laquelle tu fais semblant de tenir dans tes bras une baleine bleue géante, le taquina-t-elle.

Il rit.

— J'avais oublié celle-là ! Tu pourrais vraiment me faire chanter, avec. Même si, de mon côté, j'en ai une de toi la tête dans une mâchoire de T rex.

Elle glissa les bras autour de son cou, souriante.

— Tu serais capable de me faire chanter ?

Léo avait les mains sur ses hanches.

— Tu pourrais me persuader de ne pas le faire…

Elle se rapprocha afin de sentir son corps contre le sien.

— Parle-moi de ce soir. Parle-moi de Joe.

— Tu t'inquiètes pour le dîner ?

— Je ne suis pas inquiète, mais… je sais que c'est important pour toi. Je ne veux pas commettre d'erreur.

— Sois juste toi-même. Tu es parfaite. Joe va t'adorer.

C'était comme si du miel chaud se répandait en elle. Depuis que Léo s'était ouvert à elle, la veille, c'était comme si un mur entre eux s'était écroulé. Il semblait plus détendu. Elle ne doutait pas qu'il réfléchissait encore à ses problèmes familiaux, mais il était moins sombre. C'était presque comme s'il était soulagé d'avoir enfin partagé ses sentiments.

Elle s'écarta de lui et glissa la main dans la sienne.

— Allez, monsieur Baxter, emmenez-moi dîner !

The View, en haut de l'hôtel Marriott, était un de ses restaurants préférés – et il en allait de même pour Joe, Léo le savait. Sa particularité était de pivoter à 360 degrés en une heure, ce qui signifiait que l'on pouvait voir toute la ville à ses pieds pendant le dîner. Léo avait réservé une table près des grandes baies vitrées.

Comme il l'avait prédit, Joe fut charmé par Anissa dès l'apéritif. Elle l'avait enchanté avec des histoires sur son enfance en Autriche, puis intrigué en relatant son expérience de skieuse professionnelle. Léo ne put s'empêcher de remarquer le ton légèrement mélancolique de sa voix lorsqu'elle évoquait sa carrière.

Une fois leurs plats principaux déposés devant eux, elle se racla la gorge et dit, l'air nerveux :

— J'ai reçu une offre d'emploi intéressante.

— Ah bon ? s'exclama Léo, surpris.

— Un poste va se libérer au sein de la Fédération internationale de ski. Ils ont pensé à moi.

Joe se pencha en avant et posa la main sur celle d'Anissa.

— On dirait qu'ils savent reconnaître le talent et l'intelligence quand ils les voient. Et… vous avez accepté ?

Léo retint son souffle. Il voulait connaître la réponse à cette question, lui aussi. Il se demandait pourquoi Anissa ne lui avait pas parlé de cette proposition plus tôt. Du bout de la fourchette, elle jouait machinalement avec la nourriture dans son assiette.

— Pas encore, lâcha-t-elle enfin, tête basse.

Léo ne put se retenir d'intervenir :

— Pourquoi ? Cela semble intéressant, non ?

Elle poussa un petit soupir.

— Parce que, si j'accepte, c'est fini. Ma carrière professionnelle, la compétition, les jeux Olympiques. Mes rêves de médaille d'or. Et je ne sais pas si je suis prête à renoncer.

— Vous avez dit tout à l'heure que vous aviez eu un accident, dit Joe. Pensez-vous honnêtement que vous pourrez revenir à un niveau mondial ?

Léo gigota nerveusement sur son siège. Il avait demandé à Anissa d'envisager un plan B, mais il n'avait pas été aussi direct. Elle était livide. Elle ne répondit pas.

— Quoi que vous décidiez, ce sera le bon choix. Après tout, vous êtes la mieux placée pour savoir ce qui vous rendra heureuse, affirma Joe, avant de lever son verre de vin pour porter un toast : à Anissa, une belle femme avec un bel avenir, quel qu'il soit !

Anissa trinqua avec Joe et but une gorgée. Elle avait l'air triste et perdu, nota Léo. Il détestait cela. Son cœur se serra. Et soudain, il comprit.

Il l'aimait.

Il aimait Anissa.

Pour la première fois de sa vie, il était amoureux…

Il voulait qu'Anissa soit heureuse, fière d'elle, qu'elle choisisse la carrière qui lui convenait. Mais plus que tout, *il voulait qu'elle soit avec lui.*

À son tour, il leva son verre et le fit tinter contre celui de la jeune femme.

— À Anissa. Tu peux être qui tu veux être.

Leurs regards se croisèrent. L'incertitude et un soupçon de tristesse voilaient encore celui d'Anissa. Mais lui n'avait jamais été aussi sûr de quoi que ce soit dans sa vie…

Joe était un vieux charmeur. Il savait être effronté, il savait être flatteur, et il pouvait certainement charmer même les oiseaux. Les affaires entre lui et Léo avaient été réglées en cinq minutes. Il y avait eu quelques désaccords en amont et en aval, mais pas de rancune. Il était clair que les deux hommes se respectaient. Anissa appréciait que Joe reconnaisse le sens des affaires de Léo, ainsi que son honnêteté. Il avait de l'estime pour lui, et cela la rendait heureuse.

Le dîner se termina relativement tôt. Après avoir salué Joe, Léo et elle décidèrent de rentrer à pied. Il la prit par la taille et ils se dirigèrent vers le penthouse.

Elle se décida à poser la question qui lui brûlait les lèvres depuis longtemps :

— Tu as réfléchi à ce que tu allais faire avec ton frère et ta sœur ?

Il pinça les lèvres pendant une seconde.

— Je devrais probablement parler à Sebastian et le rassurer. Lui dire que je ne désire pas prendre sa place à la tête de Cattaneod Jewels. Je le lui ai déjà dit, mais je ne sais pas s'il m'a entendu.

— Tu es sûr de ne pas vouloir t'impliquer dans l'entreprise familiale ?

— Que veux-tu dire ?

Elle s'arrêta et le dévisagea. Peau claire mais cheveux foncés, ébouriffés ; yeux bleus brillants ; corps agile et musclé. Oui, on pouvait deviner son ascendance italienne.

— C'est aussi *ton* entreprise, Léo. Si ta mère et ton père t'en ont laissé le contrôle, il doit y avoir une bonne raison. Ils t'aimaient. Tu étais leur fils. Ils voulaient que tu la diriges. Tu veux vraiment refuser sans y réfléchir ?

Il avait un regard confus et secouait lentement la tête.

— Comment pourrais-je leur enlever ce qui leur appartient ?

Anissa lui prit le bras.

— Parce que cela t'appartient aussi ! La réaction de Sebastian te fait penser le contraire, mais ce n'est pas à lui de décider pour toi. Je ne veux pas que tu tournes le dos et que tu le regrettes dans quelques années.

Elle ne pouvait pas contenir sa fougue, ne pas dire à Léo ce qu'elle ressentait. La veille, ils s'étaient connectés comme jamais. Elle avait vu comment il avait été brisé, mais elle avait aussi senti son puissant désir de faire partie d'une famille.

Son cœur battait pour cet homme magnifique qui essayait de cacher ses émotions. Peut-être qu'attendre les six mois puis se retirer de l'entreprise familiale était exactement ce qu'il devait faire. Mais pas sans analyser la situation. Il était un brillant homme d'affaires. Il avait peut-être des idées et des compétences à apporter. Avant de prendre une décision, il devait parler à Sebastian, faire la connaissance de son frère.

Elle était enfant unique et, comme la plupart des enfants uniques, elle avait désiré un frère ou une sœur. Comment se sentirait-elle si elle découvrait maintenant qu'elle en avait un ou une ? Elle voudrait tout savoir de sa vie.

Léo n'avait toujours pas répondu à sa question. Son front était plissé, comme s'il réfléchissait à ce qu'elle avait dit. Elle eut soudain une idée.

— Tu m'as dit que tu n'avais pas rencontré la famille de Sebastian parce qu'elle n'était pas encore arrivée à Mont-Cœur.

— Oui.

— Il a des enfants ?

— Oui, je... Un fils, je crois.

— Donc tu as un neveu.

Elle eut l'impression que Léo prenait soudain conscience qu'il était oncle. Elle décida de creuser cette piste.

— Comment s'appelle-t-il ? Quel âge a-t-il ?

— Il s'appelle Frankie. Il a... deux ans, si j'ai bien compris.

Anissa tapa dans ses mains, excitée.

— Un neveu de deux ans ? C'est génial ! Il paraît que New York possède les plus beaux magasins de jouets du monde.

Léo semblait perdu, comme s'il ne comprenait pas où elle voulait en venir.

— Dans quelques semaines, c'est Noël. Que tu décides de retourner à Mont-Cœur ou non, tu ne peux pas ignorer le fait que c'est ton premier Noël en tant que tonton. Tu dois lui offrir quelque chose !

Ce fut comme si une lumière s'allumait dans ses yeux. Une ébauche de sourire étira ses lèvres.

— Donc, nous devons aller lui trouver un cadeau !

— Enfin, tu te réveilles ! Moi qui croyais que tu étais un businessman à l'esprit vif, le provoqua-t-elle en souriant.

— Mais qu'est-ce que je vais acheter à un garçon de deux ans ? gémit-il.

Elle lui fit un clin d'œil.

— Tu devrais le savoir, tu en as été un, non ? Mince, les magasins de jouets doivent être fermés, maintenant.

Léo sortit son téléphone de sa poche en imitant James Bond :

— Mon nom est Baxter. Léo Baxter.

Les lumières étaient toujours allumées dans le magasin de jouets, mais les volets étaient tirés sur la façade du magasin. Léo lui avait dit que c'était une grande soirée d'inventaire à l'approche de Noël et que le personnel était sur place.

Un homme sortit peu après leur arrivée et se présenta comme le gérant. Il les fit entrer par une porte latérale.

— Merci de nous accueillir, dit Léo.

L'homme sourit.

— Quiconque fait un don aussi important à notre fondation contre le cancer des enfants est le bienvenu. Voulez-vous que l'un de mes employés vous aide ou préférez-vous simplement jeter un œil ?

Léo la regarda. Anissa mourait déjà d'envie de déambuler parmi les jouets.

— Je pense qu'on va se débrouiller.

— Dans ce cas, amusez-vous bien ! leur lança le gérant.

Anissa était aux anges.

— Léo, allons-y !

Léo semblait un peu déconcerté par les allées bondées et les panneaux colorés. Ils passèrent des jeux de société aux figurines, puis aux voitures, aux pistolets laser, aux consoles de jeux, aux vélos, aux skate-boards, aux patins à roulettes, sans qu'il réussisse à faire un choix.

— Je n'ai aucune idée de ce qui lui plairait, lâcha-t-il enfin, l'air épuisé. Et s'il est comme son père, il va probablement me détester.

Anissa détestait le voir vaincu avant même de s'être battu. Elle s'approcha de lui, passa un bras autour de son cou et une main dans ses cheveux.

— Léo Baxter, tu pars perdant ! Arrête de penser que le verre est à moitié vide, vois-le à moitié plein. Pense à toutes les nouvelles aventures que tu pourrais vivre.

Il posa les mains sur sa taille et lui répondit avec douceur :

— La vérité, c'est que je pourrais acheter tout le magasin. Mais à quoi cela servirait-il ?

— Ce que tu dois faire, c'est penser à quelque chose que tu aimais quand tu étais enfant. Quelque chose que tu achèterais pour ton propre fils… Si un jour tu en as un.

Il la fixa de ses prunelles intenses. Pendant une seconde, il lui coupa le souffle. C'était presque comme s'il regardait droit dans son âme et voyait chaque partie d'elle. Personne ne l'avait jamais regardée comme ça.

— Pourquoi ne m'as-tu pas parlé de l'offre d'emploi ? demanda-t-il d'une voix rauque.

Sa question la prit par surprise. Elle ne lui avait rien dit parce qu'elle n'avait pas encore vraiment eu le temps d'y réfléchir. C'était sorti au cours de la conversation avec Joe sans qu'elle ait rien prémédité.

Avant qu'elle ait le temps de se reprendre, Léo poursuivit :

— Cela ressemble à une opportunité, non ? Ils doivent penser beaucoup de bien de toi et de tes compétences ! Tu n'aimerais pas travailler pour eux ?

Elle pouvait voir un véritable enthousiasme dans son regard, enthousiasme qui ne se reflétait pas dans le sien.

— Je… Je ne sais pas, bafouilla-t-elle.

— Tu pourrais influer sur ton sport, sur l'avenir du ski professionnel ! reprit-il, toujours aussi exalté.

Mais je n'aurai jamais de médaille d'or.

Cette pensée semblait être implantée dans son cerveau et y tournait en boucle depuis le moment où Hans l'avait appelée. Une pensée ridicule sans doute, mais dont Anissa ne parvenait pas à se débarrasser. Une obsession.

Tout à coup, elle se sentit dépassée. Ce séjour à New York était fabuleux, mais toute sa vie était sens dessus dessous. Elle n'arrivait pas à se concentrer pour prendre des décisions. En plus, elle avait rencontré un homme merveilleux qui avait partagé avec elle des moments très intimes, un amant fabuleux qui lui avait peut-être même volé une petite partie de son cœur…

Anissa se raidit. Avait-elle vraiment pensé cela ? Alors qu'elle connaissait Léo depuis si peu de temps ?

Ressaisis-toi, ma fille !

Il fallait absolument changer de sujet.

— On ne peut pas rester ici toute la nuit, dit-elle. Le personnel va finir par partir. Quel était ton jouet préféré quand tu étais enfant ?

Pendant une brève seconde, il eut l'air un peu surpris, puis son regard s'illumina.

— Les dinosaures ! s'exclama-t-il.

— Bien sûr. Quel enfant n'aime pas les dinosaures ? Partons à la recherche des dinosaures ! proposa-t-elle en lui prenant la main.

Dix minutes plus tard, ils avaient un tapis de jeu avec un volcan, la jungle, des rivières, ainsi qu'un modèle de chaque dinosaure présent en rayons. Les bras de Léo étaient pleins.

Tandis qu'ils se dirigeaient vers les caisses, Anissa rafla quelques figurines humaines et une jeep miniature.

— Nous avons besoin de gens que les dinosaures peuvent manger, dit-elle en riant.

— Bonne idée.

Soudain, il s'arrêta et se tourna vers elle.

— Anissa ? Merci.

— De quoi ?

— D'avoir pensé à Frankie. D'être là pour moi. Merci pour tout, dit-il d'une voix tremblante.

Ce fut comme si un étau lui broyait le cœur. Elle ne voulait pas qu'il en dise plus. Elle n'était pas prête. Elle en était encore à s'habituer à ce que sa jambe et son dos ne lui fassent pas constamment mal. Elle en était encore à éviter de penser à son avenir. Surtout, elle essayait encore de comprendre ce qu'elle ressentait pour le magnifique milliardaire qui l'avait emmenée à l'autre bout du monde.

— C'est à cela que servent les amis, non ?

9.

Si physiquement ils étaient plus proches que jamais, Léo sentait qu'émotionnellement Anissa s'éloignait de lui. Il la voyait parfois partir dans un monde dont il était exclu, réfléchir à des choses qu'elle ne partageait pas avec lui.

Il se dit qu'il était temps d'agir. Pour faire en sorte qu'elle se voie comme il la voyait : non pas comme une sportive qui avait eu un accident et avait vu ses rêves détruits, mais comme une femme belle et intelligente qui pouvait repenser son existence et ce qu'elle voulait accomplir.

Quand il avait vu la douleur dans ses yeux lorsqu'elle lui avait parlé de son accident, il avait imaginé que l'emmener loin de Mont-Cœur lui donnerait une chance de changer ses perspectives ; une chance de voir ce que sa vie pourrait être en dehors du ski. Or il semblait qu'Anissa était toujours focalisée sur sa réussite sportive. Il se détestait de se demander si elle serait vraiment capable d'un *come-back*.

— Anissa ? demanda-t-il à travers la porte close. Comment vas-tu ?

Elle avait disparu pendant quelques heures pour se faire coiffer et maquiller pour le bal de bienfaisance de Noël, puis, dès son retour, elle s'était réfugiée sans qu'il puisse la voir dans sa chambre pour se changer. Il ignorait ce qu'elle allait porter. Tout ce qu'il savait, c'était que sa carte de crédit n'avait été débitée que pour une paire de chaussures, ce qui le rendait très nerveux.

— Je vais bien, lui répondit la voix étouffée de la jeune femme.

— Besoin d'aide ?

Il y eut un long silence, puis la porte s'ouvrit.

— Non, dit-elle simplement en avançant vers lui.

Léo se figea, le souffle court. Les cheveux blonds d'Anissa étaient relevés sur le dessus de sa tête avec quelques torsades autour du visage. Elle portait une robe bleu pâle, avec des perles et des paillettes sur le corsage ; sa jupe semblait scintiller lorsqu'elle marchait. C'était comme si elle lui avait jeté un sort.

— Tu ressembles à une princesse des glaces, balbutia-t-il, émerveillé.

Elle sourit.

— C'est ainsi que tu m'as appelée à Mont-Cœur. Je l'ai gardé à l'esprit.

— Où diable as-tu trouvé cette robe ? Elle est parfaite, de la couleur exacte de tes yeux.

— Tu te souviens que je t'ai dit que la cousine de Chloé était à New York ? Elle est étudiante en mode. Quand elle a appris à quel bal j'allais, elle m'a demandé si je voulais bien porter une de ses robes.

Elle fit un tour sur elle-même ; la lumière joua avec les paillettes de la robe. Le cœur de Léo se serra dans sa poitrine. Anissa était superbe. Éblouissante. À l'intérieur et à l'extérieur. Et ce soir, il allait lui dire ce qu'il ressentait pour elle.

— Très bien, mademoiselle Lang. Laissez-moi vous emmener au bal le plus prestigieux de New York.

C'était encore plus grandiose que dans ses rêves les plus fous…

La limousine noire s'arrêta devant le tapis rouge qui menait au palace. À peine sa portière ouverte, des dizaines de flashs éblouirent Anissa. Heureusement, Léo vint à sa rescousse et ils montèrent les marches main dans la main.

Dans le hall, Léo commença à saluer de la tête des

invités. Soudain, une femme s'approcha d'Anissa et lui posa la main sur le bras.

— Votre robe est divine ! Qui est le créateur ?

— C'est une jeune créatrice, répondit-elle en souriant. Elle s'appelle Julie Chen. Retenez bien ce nom, je pense qu'on va bientôt se l'arracher.

Anissa ressentit un peu de fierté lorsqu'elle lui donna la carte de Julie.

— Si j'en crois votre robe, je n'ai aucun doute, acquiesça l'inconnue avant de la saluer et de se fondre dans la foule.

Léo la conduisit dans la salle de bal ; de chaque côté, un bel escalier incurvé menait à l'étage. Comme s'il avait été conçu spécialement pour elle, l'éclairage était bleu et or, et les énormes lustres envoyaient une myriade d'éclats arc-en-ciel sur tous les murs. Toute la pièce était décorée dans l'esprit de Noël, avec des guirlandes lumineuses scintillantes et élégantes. De fins sapins blancs étaient décorés de boules bleues, et des guirlandes bleues et dorées étaient enroulées autour des piliers au milieu de la pièce.

Des serveurs leur proposèrent du champagne et leur présentèrent des amuse-gueules appétissants disposés sur des plateaux d'argent tandis qu'un orchestre installé sur une estrade jouait des standards.

Léo lui présenta de nombreux invités, dont beaucoup de couples glamour et quelques célébrités. On demandait sans cesse à Anissa qui avait créé sa robe et très vite, elle n'eut plus de cartes de visite de Julie à distribuer.

Finalement, une bonne heure après leur arrivée, Léo se tourna vers elle et lui tendit la main.

— M'accorderas-tu cette danse ?

Elle sourit et posa sa coupe de champagne sur une des tables hautes.

— J'ai cru que tu ne le demanderais jamais !

Léo la conduisit au milieu de la piste de danse au moment où débutait une valse.

— Tu sais danser la valse ? lui demanda-t-elle.

— Pas toi ? rétorqua-t-il avec un sourire provocant.

— Disons que je n'ai jamais eu beaucoup de temps pour les bals, dans le passé, répliqua-t-elle sur le même ton taquin.

— C'est facile, murmura-t-il contre son oreille. Suis-moi.

Anissa frissonna et se laissa emporter. Léo était un cavalier remarquable, tout en souplesse et grâce.

— Je t'avais dit que je pouvais t'apprendre, dit-il, ironique.

— Quand on sait skier, on sait tout faire, lui répondit-elle, bravache.

Il haussa les sourcils.

— Ah oui ?

Alors il se mit à la faire tournoyer tant et si bien qu'elle en eut le vertige. Elle appuya la tête contre son torse, haletante.

— Arrête, je suis étourdie.

— Je n'ai même pas encore commencé, dit-il en riant.

Il ralentit toutefois le rythme. Il la fit tourner encore une fois et les paillettes de sa robe scintillèrent dans la lumière. Elle se sentait une vraie princesse. Et certainement pas une princesse des glaces. Son cœur battait si fort que tout Manhattan devait l'entendre.

Personne ne lui avait fait ressentir cela auparavant. Alain n'avait jamais fait battre son cœur ainsi – il ne l'avait jamais traitée aussi bien. Pas besoin d'argent pour traiter une femme comme une princesse. Léo y parvenait sans problème, comme si c'était naturel chez lui. Chaque regard, chaque sourire faisait vibrer chaque cellule de son corps. Elle ne pouvait pas nier la connexion entre eux ni le halo de sensualité électrique qui semblait les entourer.

Mais quelles étaient les attentes de Léo à son égard ?

Elle constatait que les gens les regardaient pendant qu'ils dansaient, avec plus ou moins de discrétion. Grand, athlétique, élégant, Léo était de loin l'homme le plus beau de la soirée. Ce type était milliardaire. Et il était avec elle. Anissa Lang. Femme de ménage et monitrice de ski.

Pourquoi l'avait-il choisie ?

Pourquoi prêter attention à une fille qui ne savait même pas ce qu'elle voulait dans la vie ?

Les questions l'envahirent. Peut-être qu'elle se faisait un film, qu'elle fantasmait complètement. Une fois que Léo aurait eu le temps de réfléchir et de résoudre les problèmes qu'il avait avec sa famille, il la délaisserait. Puis l'oublierait.

La peur s'installa en elle. La perspective de ne plus jamais revoir Léo, de ne plus jamais être auprès de lui, la ravageait. Elle ne s'attendait pas à une réaction aussi violente.

Il lui souriait ; ses yeux bleus brillaient. Il la conduisit hors de la piste de danse.

— Faisons une pause, proposa-t-il doucement. Il faut qu'on parle.

Ils quittèrent la salle de bal désormais bondée et se dirigèrent vers une salle plus petite, qui donnait sur Central Park.

Léo lui prit la main.

— J'ai appelé Sebastian aujourd'hui.

— C'est vrai ? s'écria-t-elle.

— Quand tu es allée te faire coiffer et maquiller. J'ai décidé qu'il était temps.

Anissa avait l'impression d'être devant un film policier au suspense insoutenable. Elle avait besoin de savoir ! Elle trépignait presque.

— Alors, que vous êtes-vous dit ? C'était comment ?

— Un peu gênant, avoua-t-il. Je ne sais toujours pas si j'ai une place dans cette famille.

— Mais tu progresses. Tu passes des étapes.

Il prit une profonde inspiration.

— Des étapes, oui… C'est ce dont je… j'aimerais te parler.

Anissa fronça les sourcils. Pourquoi Léo avait-il soudain l'air si grave et mal à l'aise ? Pourquoi se mettait-il à bafouiller ?

— Je ne sais pas trop ce qui va se passer avec ma… *famille*. Mais apprendre qui étaient mes vrais parents, puis les perdre, m'a permis de réfléchir à ma vie. À ce que je veux en faire.

— Et que veux-tu en faire ? demanda Anissa, la bouche sèche, de plus en plus désorientée.

Léo lui prit l'autre main. Il semblait exalté, à présent.

— C'est plutôt *avec qui* je veux le faire qui importe.

Le cœur d'Anissa manqua un battement.

— Que… Quoi ? bredouilla-t-elle d'une voix presque inaudible.

Les yeux de Léo étaient brillants et son sourire large. Il referma les deux mains sur les siennes.

— Reste avec moi, Anissa. Reste avec moi à New York. Coupe avec ta vie passée et prends ton temps pour décider de la suite. Tu as été différente ces derniers jours. C'est comme si un voile avait quitté ton regard, et que tu rayonnais de nouveau.

Elle tressaillit à ces mots, peut-être parce qu'ils reflétaient la vérité, se dit-elle.

— Reste avec moi, continua Léo avec un enthousiasme débordant. Nous savons tous les deux que tu ne redeviendras peut-être pas la skieuse que tu étais, mais tu es une femme brillante. Un monde de possibles s'ouvre à toi. Il te suffit d'en choisir un. Éloigne-toi des pistes de ski. New York pourrait te donner le temps pour imaginer ton avenir.

Elle se hérissa. Léo avait énoncé sa propre peur à voix haute, celle de ne jamais retrouver son niveau d'avant l'accident. Cela lui trottait dans la tête en permanence depuis un an, tout le monde autour d'elle le pensait en silence, comme le prouvait la disparition de son entourage de sa vie, et Léo était la première personne à le lui dire en face. Et cela faisait mal…

Il lui toucha la joue.

— S'il te plaît, dis-moi que tu vas rester, Anissa. Maintenant que je t'ai trouvée, je ne veux pas te perdre. Je t'aime.

Quoi ? ! Avait-elle bien entendu ? Oui, Léo semblait sincère, un feu brûlait dans ses prunelles.

Mon Dieu…

Une part d'elle voulait hurler de joie, une autre éclater

en sanglots. Elle avait rencontré quelqu'un avec qui elle était étroitement connectée. Quelqu'un qui d'un seul regard pouvait accélérer son pouls. Elle comprenait sa douleur, son sentiment de ne pas être à sa place, d'être rejeté. Elle avait voulu l'aider tant elle détestait voir cet homme merveilleux et attentionné se déprécier.

Peut-être devrait-elle rire. Peut-être devrait-elle lui passer les bras autour du cou et lui dire qu'elle l'aimait aussi.

Parce qu'elle l'aimait.

Mais elle ne pouvait pas. Pas maintenant. Pas ici. Pas alors qu'il venait de prononcer d'autres mots si difficiles à entendre pour elle. Peu importait que le cadre soit fichtrement romantique, peu importait que la plupart des femmes présentes la prennent pour une folle si elles savaient : elle n'était pas prête à renoncer à ses rêves. Un lent sentiment d'être dépassée par les événements s'était développé ces derniers jours et prenait maintenant de la vitesse, comme la neige qui dévale une montagne devient une avalanche.

Sa tête allait exploser.

Elle fit un pas en arrière. Hors de portée de Léo, de l'odeur boisée de son eau de toilette, de la chaleur de son corps si viril. Elle avait besoin d'espace.

Ses yeux s'élargirent, comme s'il avait enfin compris que quelque chose n'allait pas.

— Anissa ?

Soudain, derrière eux, une horloge commença à sonner minuit. Ce fut l'éperon dont elle avait besoin. Elle secoua la tête et rassembla sa jupe dans sa main droite.

— Non, Léo. Je suis désolée.

Les mots s'étouffèrent à moitié dans sa gorge. Alors qu'elle se dirigeait en courant vers l'escalier, elle trébucha et perdit une de ses sandales à talon argentées. Pendant une seconde, elle hésita, se demandant si elle devait la ramasser. Mais Léo la fixait comme si elle avait perdu la tête ; ou comme si c'était lui qui l'avait perdue. Elle ne pouvait pas prendre le risque qu'il essaie de la persuader de rester.

Les larmes lui brouillaient la vue. Elle devait s'enfuir

avant que la pression dans sa poitrine devienne trop forte. Elle se retourna et s'enfuit dans l'escalier au son du dernier coup de minuit.

Léo était stupéfait. Que venait-il de se passer… ?

Il invitait la femme qu'il aimait à rester avec lui et la seconde suivante, elle s'enfuyait en larmes !

Pendant quelques secondes, il resta figé, incapable de bouger, se demandant comment il avait pu se tromper à ce point. Avait-il mal interprété ce qui vibrait entre Anissa et lui ?

Non loin, une femme le fixait d'un regard désapprobateur, comme s'il venait de commettre un acte barbare. Il ramassa la chaussure d'Anissa et se fraya un chemin à travers la foule. Bon sang, elle avait été si impatiente de le fuir qu'elle avait laissé une sandale derrière elle ! Qu'avait-il dit ? Qu'avait-il fait ?

Il avait pensé que lui offrir la chance de prendre un nouveau départ dans un endroit nouveau était exactement ce dont elle avait besoin. Manifestement il s'était trompé. Ou peut-être s'était-il trompé en lui avouant qu'il l'aimait. Il ne pouvait pas nier ce qu'il ressentait. Or il était clair qu'Anissa ne ressentait pas la même chose. Ses aveux avaient dû lui mettre la pression, surtout si elle ne partageait pas ses sentiments.

Avait-il imaginé les étincelles et l'électricité entre eux ? Était-il vraiment si loin du compte ?

Pris dans l'atmosphère de la soirée, captivé par la beauté de la femme qui lui faisait face, étourdi par ses propres émotions, il avait été heureux.

Il l'aimait.

Il l'aimait et voulait qu'elle soit heureuse. Il avait imaginé que sa suggestion de rester ici avec lui et de ne plus penser à la compétition aurait été un soulagement pour elle.

Comme il avait eu tort…

Quand elle lui avait parlé de la proposition de travail

qu'elle avait reçue, il avait supposé qu'elle avait envisagé de rester. Elle était tellement plus heureuse depuis qu'elle était à New York !

Mais il semblait qu'elle n'en ait pas encore pris conscience.

Il se précipita dans le hall et essaya de la repérer. Elle n'avait pas pu aller loin avec une seule chaussure, si ?

L'ironie de la situation lui sauta aux yeux. Il l'avait appelée Princesse des glaces, mais en vérité, elle était sa Cendrillon.

Et elle lui avait échappé.

10.

Anissa avait paniqué. Elle était sortie en courant du palace et avant même de se rendre de sentir la morsure du froid dans la rue enneigée, elle avait fait signe au premier taxi qu'elle avait croisé.

Elle devait avoir l'air d'une folle dans sa robe de bal, une seule chaussure aux pieds, mais elle savait que les chauffeurs de taxi new-yorkais en voyaient de belles. Lorsque le sien lui demanda où elle allait, l'adresse de Julie lui vint aussitôt à l'esprit. La seule autre personne qu'elle connaissait à New York. Elle aurait pu sortir son téléphone et vérifier si Julie était là, mais que la jeune femme soit chez elle ou pas, Anissa n'avait pas d'autre endroit où aller. En cas d'absence, elle pourrait toujours attendre dans un bar à proximité.

Lorsque le taxi s'arrêta devant l'immeuble de Julie, Anissa paya, remercia le chauffeur et sortit du véhicule. Son pied nu entra instantanément en contact avec le sol gelé ; elle retint un cri et claudiqua vers l'entrée.

Elle appuya sur la sonnette.

— S'il te plaît, sois chez toi, s'il te plaît, sois chez toi, répéta-t-elle à voix basse plusieurs fois comme une formule magique.

Et cela fonctionna ! Julie lui ouvrit la porte de l'immeuble et vint la chercher en bas des marches. Anissa était gênée : elle avait laissé le bas de la belle robe de Julie traîner dans la neige sale des rues de New York.

— Je ne savais pas où aller, haleta-t-elle. Je suis désolée d'arriver si tard.

Le visage grave, Julie lui fit traverser le salon et l'installa sur le canapé ; elle s'assit sur la table basse devant elle.

— Que s'est-il passé ?

— Oh ! la robe… Je ne voulais pas la salir, je suis désolée. Mais j'ai perdu une chaussure en sortant et je ne pouvais pas retourner la chercher. Ne t'inquiète pas, je paierai pour le nettoyage.

Elle prit soudain conscience du fait qu'elle était de retour dans le salon de Julie. Tout autour d'elle, des robes sublimes étaient exposées sur des mannequins. Elle avait pratiquement ruiné l'une de ces créations… Des larmes commencèrent à couler sur ses joues.

— Je suis désolée, beaucoup de gens ont demandé qui avait créé ma robe. Je n'ai pas arrêté de parler de toi. J'ai distribué toutes tes cartes de visite.

Julie secoua la tête et posa sa main chaude sur celle, froide, d'Anissa.

— Arrête de parler de la robe.

Elle prit la tablette posée sur la table et fit défiler des images sur l'écran.

— Je sais que tu as dit à tout le monde que j'étais la créatrice. Plein de sites web en parlent déjà !

Anissa saisit la tablette que lui tendait Julie. Elle était là, debout sur le tapis rouge avec le bras de Léo autour de la taille. Ils se regardaient et se souriaient comme s'il n'y avait personne autour d'eux. Comme s'ils se trouvaient dans leur bulle. Ils ressemblaient au couple parfait. Et dans l'éblouissante robe de Julie, elle ressemblait à une princesse.

« Le milliardaire et la Belle du bal », était sous-titrée la photo.

— Tu m'as rendu un service inestimable en portant ma robe, reprit Julie. Mais ce n'est pas le plus important. Qu'est-ce qui ne va pas, Anissa ? Qu'est-ce qui s'est passé ce soir ? Pourquoi es-tu venue ici à plus de minuit avec une chaussure en moins ? Qu'a fait M. Millionnaire ?

Anissa avait la gorge serrée. Des larmes lui coulèrent sur les joues. Son corps était tendu. Elle s'efforça de respirer avec calme. Son esprit commençait à s'éclaircir. Elle était là, dans l'appartement de Julie. Tout allait bien.

— Il m'a dit qu'il m'aimait et m'a demandé de rester à New York avec lui.

Ses sanglots redoublèrent. Cette fois, il ne s'agissait pas de quelques larmes, mais d'un véritable torrent. Julie s'assit sur le canapé à côté d'elle, passa le bras autour de ses épaules et la laissa poser la tête sur son épaule.

C'était comme si tout ce qui bouillonnait sous la surface depuis si longtemps, ses frustrations refoulées, ses interrogations, avait finalement éclaté. Ses sentiments pour Léo avaient tout fait exploser. Après des années passées sous la houlette d'un fiancé ambitieux, elle avait enfin rencontré quelqu'un qui l'aimait pour qui elle était, et non pour ce qu'elle pourrait être ou devenir.

Au bout d'un moment, Julie lui donna une petite tape dans le dos.

— Anissa, dit-elle d'un ton amusé, j'essaie de comprendre pourquoi c'est un tel désastre qu'un magnifique milliardaire t'ait dit qu'il t'aimait, et t'ait demandé de rester à New York.

— Ne le dis pas comme ça, supplia Anissa, à qui l'ironie de la situation n'avait pas échappé.

— Comment veux-tu que je le dise ?

Le téléphone d'Anissa sonna de nouveau. Il avait sonné presque continuellement pendant son trajet jusque chez Julie. Elle n'avait pas besoin de regarder l'écran pour savoir qui c'était…

Elle secoua la tête avec force.

— Je ne peux pas. Je ne peux tout simplement pas. Il m'a dit que je ne reviendrais probablement pas à mon niveau de ski. Il m'a dit d'envisager d'autres plans. Je ne suis pas prête.

Julie s'écarta d'elle. Son regard était celui d'une femme bien plus expérimentée que son âge.

— C'est bien le problème, dit-elle succinctement.

Anissa essuya quelques larmes.

— Quel problème ?

Julie se leva, gagna la cuisine et alluma la machine à café. Puis elle se tourna vers Anissa.

— Tu as dit que tu n'étais pas prête. C'est le cœur du problème. Maintenant, tu dois te demander pourquoi. Pourquoi n'es-tu pas prête ? Il ne t'a rien dit que tu n'as déjà pensé.

Anissa tiqua. Elle n'était pas sûre d'aimer la tournure que prenait la conversation.

— Tu l'aimes ? demanda Julie à brûle-pourpoint.

— Je… Je…, balbutia Anissa, prise au dépourvu.

Julie revint avec une tasse dans chaque main.

— Est-ce que tu l'aimes ?

Cette fois, son ton était beaucoup plus ferme.

— Bien sûr que je l'aime ! s'exclama Anissa, presque malgré elle.

Et voilà. C'était ce qu'elle ressentait. Ce qu'elle ressentait depuis quelques jours. Elle l'avait enfin admis. Elle l'avait enfin dit à haute voix.

Maintenant, c'était réel.

— Donc on a besoin de café, déclara joyeusement Julie.

La lumière du petit matin se déversait dans le grand salon. Julie était allongée sur le canapé, les yeux fermés. Anissa n'avait pas dormi. Après le café, elle avait bu de l'eau chaude avec du citron. Elle se sentait déchiquetée, mise en pièces.

La robe bleu pâle était désormais de retour sur l'un des mannequins. Le bas semblait avoir été traîné dans une flaque d'eau boueuse et Anissa pouvait voir que certaines paillettes étaient décousues.

Julie lui avait prêté un T-shirt, un jean, une paire d'épaisses chaussettes et des baskets fourrées.

Julie gémit et se blottit contre l'un des coussins du canapé. Elles avaient longuement parlé, et la jeune styliste était épuisée.

Anissa avait les idées claires, à présent. Léo lui avait dit qu'il l'aimait, lui avait demandé de vivre avec lui, et elle s'était enfuie. Au lieu de se concentrer sur le fait qu'elle avait rencontré un homme bon et gentil qui avait ravi son cœur, elle s'était concentrée sur ses échecs.

Elle se rendit compte qu'elle avait mal à la jambe et au dos. Ses vieilles blessures se rappelaient à elle, comme pour donner raison à Léo. Son corps lui disait qu'elle n'atteindrait jamais ses rêves de gloire olympique. Pas après ce qu'il avait subi ; même si durant les années à venir elle s'entraînait comme une forcenée. Oui, son corps le lui disait depuis un certain temps déjà, mais son cerveau n'écoutait pas.

— Je ne serai jamais championne olympique, murmura-t-elle en regardant fixement la rue par la fenêtre.

— Quoi ? dit Julie en bâillant.

Anissa se retourna.

— Je ne serai jamais championne olympique, répéta-t-elle à voix haute. Je ne retrouverai pas ma technique, mes sensations sur des skis, ma vitesse. Ni peut-être ce grain de folie qui fait oublier la peur au moment de s'élancer du haut de la piste.

C'était une sensation étrange. Comme si elle découvrait qui elle était. Son cerveau avait enfin rassemblé les pièces du puzzle. Avoir affirmé à haute voix cette évidence l'avait rendue réelle. Sa carrière était terminée. Elle chancela, les jambes en coton soudain. Elle s'assit sur le sol et se prit la tête dans les mains.

Elle sentit que Julie était à côté d'elle. Sa main chaude se referma sur la sienne.

— J'ai été idiote, murmura-t-elle en levant la tête. J'ai été une telle idiote !

Julie s'assit près d'elle, amicale.

— Explique-moi.

— Je n'ai que le ski en tête, la compétition, la victoire, depuis trop longtemps. Depuis si longtemps que je ne pouvais rien imaginer d'autre. Léo m'a amenée à New York pour me montrer un autre monde. Il a deviné que je ne redeviendrais probablement jamais une skieuse professionnelle, et il essayait de me dire plus que ça. Il voulait que je voie qu'un autre monde est possible. Mais je n'écoutais pas, conclut-elle en essuyant une larme.

Le visage de Julie se plissa.

— Mais ton cœur écoutait, lui. Tu m'as dit que tu l'aimais. C'est sûrement tout ce que tu as besoin de savoir.

Anissa se redressa, puis se leva. La panique qui l'avait saisie la nuit dernière la gagnait de nouveau, mais c'était une panique différente.

— Je dois trouver Léo.

Elle prit son sac à main.

— Je ne lui ai même pas dit que je l'aimais. Et s'il pense que ce n'est pas le cas ? Ce serait affreux !

Julie lui fit un clin d'œil et se releva à son tour.

— Cela signifie-t-il que je peux enfin dormir ?

Anissa s'approcha d'elle et la serra très fort dans ses bras.

— Julie, tu es merveilleuse. Repose-toi, maintenant. Tu es la plus fabuleuse et la plus talentueuse créatrice de robes de toute la planète. Merci de m'avoir aidée.

Julie se traîna jusqu'au canapé, sur lequel elle s'effondra.

— Allez, dit-elle en agitant le bras. Va dire à ton milliardaire que tu as enfin réglé ton problème et que tu l'aimes.

Anissa se dirigea vers la porte. Elle pouvait téléphoner à Léo. Il lui avait envoyé des SMS dès l'aube. Mais le téléphone ne lui semblait pas approprié vu ce qu'elle avait à lui dire.

Elle sortit dans le matin glacial. Elle avait oublié de demander un manteau ou une veste à Julie et le vent mordant la gelait jusqu'aux os.

Heureusement, un taxi apparut au bout de la rue. Elle agita la main. Une fois installée dans le véhicule, elle donna au chauffeur l'adresse de Léo. Elle pria pour que son cœur ait arrêté de battre aussi fort quand elle y parviendrait...

New York n'avait jamais été aussi gris. Léo avait finalement cessé d'envoyer des SMS à Anissa et se contentait d'espérer qu'elle soit en sécurité. Il n'avait pas dormi. Il portait toujours le smoking de la veille. Peut-être qu'elle avait réservé dans un hôtel au hasard ; ou peut-être qu'elle avait sauté dans un avion pour retourner en Suisse…

En entendant un déclic derrière lui, il se retourna. Anissa sortit de l'ascenseur du penthouse, les joues rougies. Ses cheveux étaient toujours attachés sur le dessus de sa tête, mais plusieurs mèches s'étaient échappées de sa coiffure. Elle avait changé de vêtements et portait un T-shirt et un jean.

— Tu étais où ?

Elle fit un pas en avant.

— Je suis désolée. Désolée. Je ne savais pas… Tu m'as prise par surprise…, bredouilla-t-elle, le souffle court. Je ne m'attendais pas à… Je veux dire… J'ai juste…

Elle ne parvenait visiblement pas à parler. Tout ce qu'il ressentait, c'était le soulagement qu'elle soit là, de retour dans son appartement. De longues heures durant, il s'était demandé s'il la reverrait un jour. Et cela l'avait rendu malade.

Il aurait voulu la prendre dans ses bras et l'enlacer, mais il n'était pas sûr de ce qu'*elle* voulait. Il se pouvait qu'elle soit là pour prendre ses affaires et repartir – cette perspective lui déchira le cœur.

Elle avança jusqu'à lui. Elle tremblait. Était-ce parce qu'elle avait froid ou à cause d'autre chose ? Il ne voyait que ses grands yeux bleu pâle. Sa peau était presque translucide. Elle tendit les mains et le toucha. Elles étaient froides, mais une décharge électrique se propagea dans tout son corps.

Léo se refusait à bouger. Il s'était déjà tellement trompé. Il ne voulait pas faire un geste qui pourrait être mal interprété.

— Tu m'as fait venir ici, commença-t-elle avec geste vers la vue derrière les baies vitrées. Tu m'as montré un autre monde. Un monde que je n'avais jamais connu auparavant car j'étais concentrée uniquement sur le ski. Ma vie. Ma passion. Le ski influençait ma manière de voir le monde, chacune de mes décisions. Même quand j'étais blessée et que j'aurais dû prendre du recul.

Léo retenait son souffle. Il voulait entendre ce qui allait suivre.

— Tu m'as ouvert les yeux. Sur ce que je pouvais faire. Un monde avec des possibilités. L'opportunité de travailler au sein de la fédération est une chance. Et si j'étais encore à Mont-Cœur, à m'entraîner tous les jours, je ne l'aurais jamais envisagée.

Elle eut un sourire triste.

— J'étais tellement concentrée sur la conquête de titres et de médailles. Je pensais que c'était le seul but à atteindre. Je ne pouvais pas voir au-delà. Et parce que je ne pouvais pas voir au-delà, je suis passée à côté de tant de choses !

Elle s'interrompit et le regarda droit dans les yeux avant de reprendre :

— Tu m'as montré que je pouvais être aimée pour moi-même, et pas pour une potentielle médaille d'or. Je n'ai jamais vécu cela. Je ne savais pas que c'était possible. Je… Je n'ai jamais pensé que j'étais assez bien pour ça.

Léo ouvrit la bouche pour répondre, mais elle le devança, un délicieux sourire aux lèvres.

— Je suis vraiment désolée. Je doute de moi-même depuis mon accident, il y a plus d'un an. Je ne voulais pas admettre certaines choses, je me cachais la vérité. Je prenais constamment des analgésiques pour essayer de faire face à mes souffrances après un entraînement intensif. J'avais commencé à penser que c'était normal, au lieu de prendre une grande respiration et de me demander si c'était bon pour moi. M'éloigner des pistes et prendre des vacances était une grande nouveauté. Chaque jour que j'ai passé avec toi, j'ai réalisé à quel point tu comptes pour moi ; et peu importe que nous ne nous connaissions que depuis quelques semaines. Ces émotions m'ont fait peur, Léo. Je suis désolée. Je suis désolée d'être partie en courant hier soir.

Lui disait-elle vraiment ces mots ? se demanda Léo. Pouvait-il commencer à espérer ? Anissa lui toucha la joue, les larmes aux yeux. Sa voix tremblait lorsqu'elle poursuivit :

— Je t'aime, Léo Baxter. Je n'ai jamais rencontré quelqu'un comme toi. Tu as le plus grand cœur du monde, et je veux que tu le partages avec moi. Je veux que tu le partages avec ta famille. Je veux que tu saches la chance qu'ils ont de t'avoir. Je veux que tu saches que tes parents seraient fiers de l'homme que tu es devenu. Ils n'auraient pas pu espérer mieux.

— Quand tu t'es enfuie, hier soir, j'ai cru que j'avais tout faux. Je pensais avoir imaginé la connexion que nous avions, ce qui nous rapprochait. Ce qui nous liait, même. J'ai cru que je t'avais fait peur.

Elle lui passa les doigts dans les cheveux.

— Tu n'imaginais pas tout cela, Léo. L'attirance, la magie sont là depuis la première seconde. Je ne pouvais pas me laisser aller à le reconnaître parce que je n'avais de place dans ma vie que pour le ski. J'avais tort. Je n'ai jamais aimé quelqu'un comme je t'aime. C'est pour ça que c'est si effrayant.

Léo sourit à la femme sublime et merveilleuse qui avait ravi son cœur et son âme. Il choisit ses mots avec soin.

— Anissa, si tu veux poursuivre tes rêves de skieuse, je te soutiendrai complètement, affirma-t-il, sincère. Je serai là pour toi quoi que tu décides de faire.

Elle secoua la tête.

— J'avais besoin de me rendre compte de ce que je faisais subir à mon corps, et que mes rêves étaient irréalisables. Je devais arriver à cette conclusion toute seule. Et je ne vais pas te mentir : ça n'a pas été facile.

Léo l'avait compris. Cependant, voir des larmes dans les yeux de celle qu'il aimait à la folie lui brisait le cœur. Heureusement, elle esquissa un sourire.

— Tu m'as aidée plus que tu ne peux l'imaginer. Je renonce à la compétition et je vais accepter l'offre de la fédération. J'aimerais avoir la chance d'encourager les autres à réaliser leurs rêves.

L'excitation brillait dans ses yeux. Léo en fut soulagé : son choix n'était pas par défaut mais réfléchi.

— Mais je ne veux le faire que si nous pouvons être ensemble. Si j'accepte ce travail, cela signifiera beaucoup de voyages partout dans le monde. Or je ne veux pas être loin de toi. Je t'aime, Léo. Je veux être avec toi.

Le cœur de Léo gonfla dans sa poitrine. C'était exactement ce qu'il voulait entendre ! Il tira Anissa vers lui et posa les lèvres sur les siennes.

Anissa lui rendit ses baisers avec passion, les bras enroulés autour de son cou.

— J'ai bien fait d'acheter un jet privé, alors, murmura-t-il, malicieux, contre les lèvres de sa belle Autrichienne, avant de reprendre d'un ton sérieux : je t'accompagnerai le plus souvent possible. Quand tu seras aux États-Unis, nous pourrons être basés ici, à New York. Nous pouvons faire en sorte que ça marche, Anissa. Je sais qu'on peut.

Elle lui décocha un sourire radieux qui envoya de la lave dans ses veines. Collée à lui, Anissa ne pouvait pas manquer de sentir son désir…

— Je pensais t'avoir perdu, chuchota-t-elle.

— Moi aussi, avoua-t-il.

Il s'écarta un peu d'elle. La présence d'Anissa dans ses bras lui semblait si… *naturelle* ! Chaque chose était à sa place désormais, tout était clair dans sa tête. Comprendre qu'il aimait Anissa n'était que le point de départ.

— J'ai fait quelque chose qui t'aurait peut-être surprise, hier soir.

— Quoi ? demanda-t-elle, l'air intrigué, visiblement curieuse.

— J'ai téléphoné à Sebastian. Je… J'ai téléphoné à *mon frère*.

Elle écarquilla les yeux.

— C'est vrai ? Qu'est-ce que tu lui as dit ?

— Je lui ai dit que j'avais amené la femme que j'aimais

à New York et que j'avais tout gâché. Je lui ai dit que j'avais demandé à cette femme de rester dans ma vie, près de moi, et qu'elle s'était enfuie.

— Qu'a-t-il répondu ? demanda Anissa avec prudence.

— Il lui a fallu quelques instants pour se remettre du choc que mon appel puis ma confession avaient provoqué. Ensuite, il m'a conseillé de prendre une grande inspiration. Il m'a dit que si je t'aimais je devais respecter ta décision et ta liberté, attendre et te laisser revenir vers moi.

Anissa sembla un peu surprise.

— Il ne t'a pas conseillé de sortir le grand jeu, ou de partir à ma recherche ?

— C'est exactement ce que je voulais faire. Selon Sebastian, j'avais déjà sorti le grand jeu en avouant mon amour, il fallait que cela fasse son chemin en toi.

Elle glissa les bras autour de sa taille.

— Waouh ! Un gars qui te détestait est devenu un frère qui te donne des conseils !

Léo acquiesça lentement, le regard posé sur la ville qui s'étalait autour d'eux. Il soupira.

— J'aime New York, mais je dois apprendre à connaître Sebastian et Noémi. Je ne veux pas faire partie de l'entreprise familiale, mais je dois trouver ma place dans ma famille. Cela me fait peur, Anissa. Très peur.

— Je comprends. J'ai dû prendre une décision. Il a fallu que je sois courageuse. Deux fois. J'ai dû décider de quitter la seule carrière que j'avais connue et de donner mon cœur à quelqu'un.

Elle se hissa sur la pointe des pieds et lui murmura à l'oreille :

— Une fois qu'on l'a fait, on se rend compte que ce n'est pas si difficile. Qu'on s'en était fait une montagne. Et puis tu as déjà fait le plus dur, non ? conclut-elle en s'écartant de lui.

Elle lui fit un clin d'œil tandis qu'une sensation de chaleur l'enveloppait tout entier. Elle avait raison : lui ouvrir son cœur avait été son premier pas. Le premier pas vers la construction de vraies relations dans sa vie. Avec son aide, il pourrait passer à l'étape suivante.

Il se laissa tomber dans l'un des grands et confortables fauteuils de son immense salon, entraînant Anissa avec lui.

— Si je demandais à la femme que j'aime de venir avec moi à Mont-Cœur pour rencontrer ma famille, que dirait-elle ?

Anissa s'installa sur ses genoux et lui prit le visage entre les mains. Ses yeux brillaient.

— Elle dirait : « Essaie un peu de m'en empêcher, pour voir ! »

Puis elle l'embrassa, et Léo se laissa emporter dans un tourbillon de sensualité et d'amour infini.

Vous avez aimé *L'héritier de l'hiver* ?
Découvrez la suite de votre série
« Le Noël des Cattaneo »
dès le mois prochain dans votre collection Azur.
Un roman signé Jennifer Faye.

Ne manquez pas dès le mois
prochain dans votre collection

AZUR

le premier tome de la nouvelle série :

HÉRITIERS ITALIENS

À ces hommes d'affaires beaux et puissants,
il ne manque qu'un héritier !

Un roman inédit chaque mois de décembre à janvier 2021

Retrouvez en décembre 2020,
dans votre collection

AZUR

La promise de Noël, de Lynne Graham - N°4279

Leo Romanos est un homme d'affaires et certainement pas du genre à s'encombrer d'une famille. Seulement, quand à la veille de Noël il se retrouve brusquement tuteur de ses quatre neveux orphelins, il n'a d'autre choix que de trouver une épouse pour l'épauler. Aussi se résout-il à demander en mariage la jolie Letty, qui a cruellement besoin d'argent pour sauver sa famille de la ruine. Entre eux, il ne s'agira que d'un pur arrangement… s'il parvient à ignorer l'attraction qui le pousse vers son innocente promise !

La dette de Monte-Carlo, de Caitlin Crews - N°4280

« Vous m'avez sauvée. » Si Julienne est de retour au Grand Hôtel de Monte-Carlo, c'est dans le but de rencontrer Cristiano Cassara. Dix ans plus tôt, l'homme d'affaires l'a tirée de la misère pour lui offrir un travail et une nouvelle vie – sans jamais rien demander en retour. Toutes ces années, Julienne a pensé à son bienfaiteur et à la façon dont elle pourrait le remercier. Et, aujourd'hui qu'il pose sur elle ce regard intense qui a hanté ses nuits, elle sait exactement comment lui payer sa dette…

Un trône pour Samia, de Susan Stephens - N°4281

Bientôt, Luca Fortebracci accomplira son destin royal. Il montera sur le trône de Madlena, au côté de l'épouse idéale qu'il aura choisie. Pourtant, avant cela, il compte bien profiter de ses derniers instants de liberté sur son luxueux yacht. Au cours de sa croisière en Méditerranée, il rencontre la mystérieuse Samia. Belle, mais loin de posséder les attributs royaux qu'il recherche chez sa future femme, elle l'attire irrésistiblement. Au point que Luca, tout en sachant qu'ils n'ont aucun avenir ensemble, décide de la séduire…

**Scandaleuse nuit londonienne,
de Lucy King - N°4282**

Nom : Kate Cassidy. Ville : Londres. Expériences sentimentales : aucune.
En rejoignant une agence d'escort-girl pour arrondir ses fins de mois difficiles, Kate n'a pas l'intention d'offrir à ses clients autre chose que des conversations sages au restaurant. Hélas, Theo Knox, le meilleur ami de son frère, s'est mis dans la tête de la protéger des hommes trop entreprenants. Et pour cela, c'est lui-même qui veillera sur elle – chaque jour et peut-être la nuit aussi…

Un prince pour patron,
de Michelle Conder - N°4283

Pour Cassidy, être l'assistante personnelle de Logan d'Arrantino est un défi quotidien. Non seulement elle travaille sans relâche pour satisfaire son patron intransigeant, mais il lui faut surtout taire les sentiments qu'elle éprouve secrètement pour lui. Hélas, leur relation se complique encore quand Logan est brusquement contraint de devenir roi. Car il exige que Cassidy l'accompagne en son palais…

La fuite d'une héritière, de Susan Meier - N°4284

En tant que riche héritière, Morgan a toujours fait ce que sa famille attendait d'elle. Pourtant, alors que son père la conduit à l'autel, elle prend soudain conscience qu'elle ne veut pas de ce mariage huppé – et encore moins de celui qu'elle s'apprête à épouser. Alors elle fuit ! Bientôt rattrapée par Riccardo Ochoa, l'associé de son père chargé de la ramener à la maison, elle parvient à le convaincre de lui accorder deux semaines. Deux semaines de liberté qui, passées au côté du bel Espagnol, pourraient bien devenir pure volupté…

L'époux grec d'une princesse,
de Julia James - N°4285

Pour sauver de la faillite sa famille exilée, la princesse Elizsaveta est prête à tout. Et même à contracter un mariage de convenance avec un homme qu'elle ne connaît pas ! Dès ses noces avec Leon Dukaris, son sens du devoir est pourtant mis à rude épreuve. Entre Leon et elle, le désir est sauvage, irrépressible. Or, si Leon a clairement énoncé qu'il ne sera jamais question d'amour entre eux, Eli sent poindre en elle des sentiments sincères et inavouables pour son époux grec…

Le secret d'Enzo Cardinali,
de Jackie Ashenden - N°4286

SÉRIE : *HÉRITIERS ITALIENS* - 1/2

Cela fait quatre ans qu'Enzo Cardinali tente d'oublier la passion qu'il a connue avec la douce Matilda. Or, alors qu'il pensait ne jamais revoir celle qui l'a quitté sans un mot d'adieu, voilà qu'il la retrouve sur une île des Cotswolds… dotée d'un petit garçon. Un enfant qui a les mêmes yeux dorés que lui. Dès lors, Enzo est résolu à revendiquer sa paternité et à révéler au monde que le royaume de Monte Santa Maria a désormais un héritier !

L'enfant des dunes, d'Annie West - N°4287

SÉRIE : *FRÈRES DU DÉSERT* - 1/2

Enlevés dans le désert, retenus captifs dans une même cellule sombre… Ashraf et Tori unissent leurs forces et leurs corps, durant une nuit aussi dangereuse que voluptueuse. Sauvés in extremis le lendemain, tous deux sont hélas séparés. Aussi, c'est avec stupeur que Tori retrouve Ashraf quelques mois plus tard. L'homme qu'elle croyait mort se révèle être le prince de Za'daq, et il ignore encore qu'un bébé est né de leur étreinte inoubliable…

Une étreinte royale, de Jennifer Faye - N°4288

SÉRIE : *LE NOËL DES CATTANEO* - 2/3

Le poids des responsabilités pèse lourd sur les épaules de Noémi, puissante héritière de la dynastie Cattaneo… Durant une nuit à Milan, pourtant, elle oublie ses soucis entre les bras du sublime Max dont elle ignore tout. Quelle n'est pas sa stupéfaction de le retrouver trois mois plus tard dans la station de ski familiale de Mont-Cœur et de découvrir que Maximilien est prince ! En cette veille de Noël, doit-elle lui révéler que leur étreinte passionnée n'a pas été sans conséquence, puisqu'elle attend un enfant de lui ?

À la merci du milliardaire russe, de Dani Collins - N°4289

Cent mille livres contre une nuit de passion ? Claire sent un mélange de honte et de colère l'envahir. Pour qui la prend Aleksy Dmitriev pour oser lui faire une telle proposition ? Bien sûr, elle a plus que jamais besoin de cet argent – puisque ce même Aleksy vient de détruire sa vie – mais, si cet odieux milliardaire pense pouvoir acheter ses faveurs, il se trompe lourdement ! Et elle va le lui dire. Sauf que, sous le regard brûlant d'Aleksy, Claire sent malgré elle une fièvre inconnue s'emparer de tout son être. Pour une nuit, une seule, peut-elle céder au désir que lui inspire cet homme qui ne voit en elle qu'une vulgaire croqueuse de diamants ?